MEHALED

ET

SEDLI.

MEHALED
ET SEDLI,
HISTOIRE
D'UNE FAMILLE DRUSE,

PAR

M. le Baron de DALBERG

Frère de S. A. R. le Grand-Duc
de Francfort.

TOME SECOND.

A PARIS,

Chez F. SCHOELL, libraire, rue des Fossés
S. Germain-l'Auxerrois, n°. 29.

1812.

MEHALED
ET SEDLI,
HISTOIRE
D'UNE FAMILLE DRUSE.

LORSQUE cet acte de charité
fut terminé, le vieillard recon-
duisit dans son jardin les Druses
qui n'avoient pu le contempler
sans attendrissement. On s'assit
de nouveau sur le gazon, et l'on
demanda au solitaire quelques
éclaircissemens sur la religion des
Mages. Il reprit ainsi son récit :

« Zoroastre a certainement

été le bienfaiteur de sa nation et
de son siècle. Ses intentions
étoient pures, et les moyens qu'il
a mis en usage pour atteindre à
son but , excellens. Les mœurs
étoient grossières, la malpropreté
déshonoroit toutes les habitudes ;
il chercha à introduire des mœurs
plus douces et une propreté extrême ; il recommanda l'assiduité,
l'amour du travail, le soin et la
culture des productions de la
terre. Il détestoit la superstition
qui avoit fait des progrès ef-
frayans ; car, depuis l'Arménie
jusqu'à l'Euphrate, en Médie, en
Perse, le culte pur de la Divinité
avoit été remplacé par celui des
images et des signes , par la plus
dégoûtante idolâtrie. De la Chal-

dée sortirent d'abord les Téra-
phims ou idoles, et avec eux les
misérables arts magiques. Voilà
pourquoi Abraham fut appelé
dans un pays éloigné, pour y
vivre fidèle au vrai culte de Dieu,
et pour le répandre. Le sage prophète, pour arrêter le cours de
ces erreurs, prêcha une loi qu'il
annonça comme le renouvellement de la vraie religion de lumière que le pieux solitaire Om
avoit fait connoître du temps de
Dschemschid, roi d'Iran. L'*idée*,
principe de la création, suivant
Zoroastre, est une pensée grande
et vaste comme la création elle-
même. Bien éloigné de l'idolâtrie
suivie par tant de peuples, il en-
seignoit qu'un principe éternelle-

ment agissant, créateur, moteur,
(Zerune Akerene), a donné l'existence à Oromase, roi et souverain
de la lumière. Auteur de tout ce
qui est bon, celui-ci a pour anta-
goniste Arimane, esprit rebelle
et réprouvé, source du mal, qui
par conséquent n'a pas été créé
ainsi, mais est seulement souffert
par l'être ou principe primitif.
Zoroastre pensoit qu'il y avoit
trois mondes : un supérieur, spi-
rituel, séjour de la lumière pri-
mitive et de la force productrice;
un moyen, visible, où règnent
Oromaze, comme roi de la lumière, et Mithra, réunion des
deux forces primitives de la nature, du principe actif et du
principe passif, et lien qui ratta-

che les êtres de l'ordre supérieur
à ceux de l'ordre moyen ; enfin,
dans la région inférieure des ténèbres, demeurent Arimane et sa
suite malfaisante (les Dews). Il
reconnoissoit encore une hiérarchie d'êtres célestes purs, déri-
vans d'Oromaze, roi de la lumière,
mais cependant dépendans, ainsi
que lui, de Zarune, le premier
principe. Dans le premier ordre
des êtres spirituels, sont les sept
princes supérieurs du monde lumineux, ou Amschashards ; ils
sont suivis par les Izeds, génies
du ciel qui président aux saisons,
aux mois, aux jours. Le feu, l'air,
l'eau, la terre, les animaux, les
plantes, ont des Izeds protecteurs ; les uns sont du sexe mas-

culin, les autres du sexe féminin,
suivant les fonctions qu'ils ont à
remplir : à leur tête est Mithra.
Les Perses les invoquent comme
des génies bienfaisans. Le Bun-
dehesch décrit en ces termes la
création de ces êtres spirituels :
« Durant les trois premiers mille
ans où Arimane, le prince du
mal, ne pouvoit rien, étant enchaîné, Oromaze, la force productrice, créa les génies. Le premier fut Bahman, le chef du
monde d'Oromaze ; et le ciel
fut la première des créations de
ce dernier : Bahman y fut pré-
posé. Ensuite Oromaze créa Ar-
dibehescht, Shariver, Sapando-
mado, Khordad, Amerdad, esprits bons et purs. Arimane, le

fourbe , s'éleva contre eux du
fond des ténèbres , ainsi que les
six premiers dews : Akuman,
Ander, Sadel, Nekard, Tarik et
Zaretsch. Les créatures du monde
lumineux se suivirent dans cet
ordre : le ciel, l'eau, la terre, les
arbres, les animaux, enfin l'homme. Oromaze, qui sait tout, conduisit en même temps vers l'homme, les Ferwers ou génies protecteurs, et leur dit : De combien
de prérogatives ne jouissez-vous
pas pour avoir animé des corps
dans le monde matériel! Com-
battez vaillamment contre les esprits malins, vous retournerez
dans votre premier état; l'immor-
talité exempte de vieillesse et de
maux sera votre partage : mon

aile vous défendra contre les ennemis. Aussitôt le Ferwer de
l'homme, protégé contre Arimane, le mauvais principe, par
l'esprit de celui qui sait tout, entra dans le monde. Oromaze et
Arimane se combattirent sans
relâche; mais cette lutte se ter-
minera par le triomphe d'Oromaze sur Arimane, de la lumière
sur les ténèbres, et tout deviendra
un royaume de lumière. L'homme, d'origine céleste, étoit d'a-
bord d'une nature lumineuse et
pure; mais ayant succombé à
l'influence désastreuse d'Arimane, il perdit ses prérogatives;
cependant, conformément à sa
destination originelle, et par un
combat continuel contre le mau-

vais principe, il aura part, comme membre du monde lumineux, à la restauration universelle de toutes choses. »

Le vieillard s'étant recueilli un instant, Haleb qui avoit écouté ce récit très-attentivement, dit à son père : « Comme elle est belle et attrayante la description de ces anges de lumière qui dans l'univers dirigent tout, et servent même de protecteurs à l'homme ! Ce fut certainement un Ferwer, ton génie protecteur, qui lorsque nous avons quitté le Liban, t'a suggéré d'aller vers l'orient, t'a guidé, et après de longues courses t'a fait arriver dans les campagnes paisibles de la Géorgie, où tu trouves un ample dédommagement de ce que tu as perdu. »

Le Cheik prit alors la parole, et parla ainsi au solitaire : « Il est majestueux le tableau que tu nous as exposé du système de lumière du législateur Mède; j'ai lu, il y a long-temps, dans nos livres druses, des récits de l'apparition de cet homme extraordinaire. Nous le plaçons aussi au nombre de ces élus, qui à l'époque d'une grande corruption de mœurs, sauvent, par des lois sages, les hommes d'une barbarie totale, et renouvellent les préceptes que le Créateur, en les formant, leur imprima dans le cœur. C'est aussi ce qu'a fait Hakem Bamreh notre prophète. »

« Ne parlons pas de celui-ci,
repartit l'ermite; je ne connois
pas, il est vrai, le fond de sa doctrine; mais d'après tout ce que
j'ai appris en fréquentant, et en
interrogeant plusieurs personnes
de ta religion, il me semble qu'elle
s'est répandue à l'époque où la
religion des Mages avoit perdu
de sa pureté, et que du mélange
du christianisme introduit de
bonne heure en Perse, mais mal
compris, et des sophismes des
philosophes apportés de la Grè-
ce, il résulta une confusion d'i-
dées religieuses qui produisit tant
d'opinions erronées et de sectes
mensongères. C'est de cette source
trouble et impure que sont sor-
ties les erreurs des Manichéens,

des Gnostiques, des Ophites, des
Maguséens, des Sethites, des Sa-
béens, des chrétiens de St. Jean
et de tant d'autres. »

« L'opinion peu favorable que
« tu as de notre religion, dit le
Cheik, « disparoîtroit, si ma qua-
« lité d'Akal me permettoit de
« t'exposer notre doctrine se-
« crète ».

« Je laisse volontiers à chacun
sa religion, répliqua le vieillard,
aussi long-temps qu'il est per-
suadé que c'est la véritable. Mais
chacun a le droit de choisir,
parmi les routes qu'il a devant
lui, celle qu'il croit la meilleure.
Un jour peut-être, et je l'espère
pour ta félicité, luira à tes yeux

la même clarté qui m'a conduit à cette religion devant laquelle la loi de Zoroastre et toutes les institutions humaines disparoissent. »

Un silence général régna un moment. Les Druses, et surtout le Cheik, étoient absorbés dans leurs réflexions. Mais le solitaire reprit ainsi le fil de sa narration :

« Les Guèbres qui demeuroient à Balk, ne se croyant pas assez en sûreté contre les persécutions des Musulmans, les principaux d'entre eux résolurent de quitter cette ville. On prépara une caravane nombreuse : je m'y joignis, et, après un voyage

II.   2

où nous éprouvâmes beaucoup
de fatigues et de privations en
traversant les déserts de sable,
nous arrivâmes à Jezd(21), ville du
Farsistan, où une communauté
d'adorateurs du feu a aussi un
temple fameux. Les environs de
Jezd sont un paradis, dont aucune province de Perse n'égale
la beauté et la fertilité. J'y passai
tranquillement plusieurs années.
Les premières furent agréables et
heureuses. Je me mariai avec
une jeune Persane qui me donna
plusieurs enfans; mais je les per-
dis trop tôt, ainsi que leur mère.
Le passage désastreux des troupes
du conquérant Persan, qui n'é-
pargnoient pas même ses provinces, avoit répandu dans ces

campagnes ordinairement si sai-
nes, des maladies contagieuses
qui enlevèrent un grand nombre
d'habitans, et dont, malgré mes
soins, mes enfans et ma femme
devinrent aussi la proie. »

« Cette perte remplit mon cœur
d'un chagrin si cuisant; le monde
et tout ce qu'il avoit eu auparavant d'attrayant pour moi, me
parut si vide et si triste, que je
me retirai toujours davantage
dans mon intérieur. Mon penchant pour les recherches spiri-
tuelles, pour les méditations
pieuses, pour la vie paisible et
solitaire se réveilla avec une vivacité nouvelle. Pour le satis-
faire, je résolus d'embrasser l'état

religieux, et je fus bientôt consacré Herbed. L'emploi de ces
ministres du culte consiste à or-
ner les temples, à nétoyer l'autel, à entretenir le feu perpétuel,
et en général à préparer tout ce
qui tient au service divin. Je ne
restai pas long-temps dans cette
première classe du sacerdoce, et
je parvins à la dignité de Mobed-
Destour. Je devois en cette qua-
lité expliquer la loi, et instruire
les novices des devoirs de la religion. »

« Quelques années après, le Des-
touram-Destour ou chef suprême
du sacerdoce, qui réside à Ker-
man(22),convoqua une assemblée
générale des Destours de la Perse,

de l'Inde, et des autres parties
de l'Asie. On devoit y comparer
toutes les copies de l'Avesta, écrites dans les anciennes langues
des Perses, aujourd'hui éteintes,
c'est-à-dire dans les dialectes
zend, pazend, et pehlvi, et d'autres livres de religion, les examiner, les purger de fautes, et
les disposer dans un meilleur ordre. On résolut en même temps
de fouiller dans les ruines d'Istha-
kar(23),plus soigneusement qu'on
ne l'avoit fait auparavant, pour
tâcher d'y découvrir quelques
copies originales des écrits de
Zoroastre, enfouis dans cet ancien palais des rois, sous le règne
de Schah-Abbas le grand, à l'é-
poque où il transporta à Ispahan

les Parsis qui demeuroient dans
l'antique capitale. »

« Comme j'avois acquis une assez
grande facilité à lire les anciens
écrits, on me chargea de faire
ces recherches, et de parcourir
ensuite les contrées le long du
Tigre et de l'Euphrate, ainsi que
la Syrie, la Palestine, l'Egypte,
l'Abyssinie et l'Arabie, pour y
prendre note de tous les monumens, relatifs à l'ancien culte du
feu, qui subsistent encore dans
ces pays. »

« Quand l'assemblée fut ter-
minée, on célébra pendant six
jours la grande fête de Neürouz
ou la nouvelle année, avec les

solennités accoutumées ; puis je
partis pour Isthakar. Des ruines
de palais écroulés, des colonna-
des solitaires, des monumens
avec des sculptures en pierre, et
des inscriptions dans l'antique
écriture cunéiforme ; des tertres
que l'on regarde comme le lieu
de repos des anciens rois, m'entouroient de toutes parts. Je n'en-
tendois aucun bruit, que de
temps à autre le cri des oiseaux
de proie, qui voloient au-dessus
de ma tête, ou se rassembloient
sur des pierres couvertes de
mousse, pendant que le vent
frémissoit en passant à travers les
roseaux et les hautes broussailles.
Je ne restai pas à Isthakar, qui
de ville florissante, est devenu

un misérable village. Je m'acheminai, accompagné d'un guide
sûr, vers les ruines fameuses du
grand palais, auxquelles on
donne le nom arabe de Tchélmi-
nar, à cause des quarante colonnes' qui sont encore debout.
Dans une vallée déserte et d'une
grande étendue, s'élève le palais
majestueux, défiant la main dévastatrice du temps et des hommes. »

« Je m'approchai de l'enceinte
avec toute la précaution possi-
ble, à cause des voleurs qui souvent s'y cachent, et des bêtes
féroces qui se réfugient dans les
fentes des rochers. Je montai,
avec un respect religieux, l'esca-

lier bien conservé qui conduit
au palais de forme carrée, cons-
truit en pierres noires; je traver-
sai les appartemens intérieurs,
je pénétrai dans les voûtes les
plus reculées, je gravis les hauteurs qui s'élèvent en demi-cercle
derrière l'édifice, je fouillai les
anciens châteaux et les tours,
dispersés çà et là sur les pointes
de rochers. Je descendis même
non sans danger dans les cavernes qui se trouvent dans l'intérieur de la montagne et d'où dé-
coulent des sources chaudes. Je
restai plusieurs semaines dans ce
canton; j'y répétai de temps en
temps mes recherches, mais toujours en vain; je ne découvris ni
monumens, ni écrits, encore

moins les trésors que le peuple
crédule croit enfouis dans ces
lieux. »

« Un jour qu'après bien des per-
quisitions inutiles, je cherchois
à expliquer les inscriptions et les
figures hiéroglyphiques qui re-
couvrent en dedans et en dehors
les murs de cet antique palais, et
qu'absorbé dans la rêverie, je me
représentois le temps où cet édifice étoit encore le séjour des rois
et le lieu de réunion des assem-
blées du royaume, la nuit me
surprit. Il étoit trop tard pour re-
tourner au village. Après avoir
allumé du feu pour écarter les
chakals et les autres bêtes féroces,
nous nous préparâmes, mon guide

et moi, un lit de feuillages, et nous
nous endormîmes. Pendant mon
sommeil, j'eus des rêves étranges.
Eclairé par une lumière éclatante, le palais des rois m'appa-
rut dans son antique splendeur.
Les marches de l'édifice étoient
remplies d'une foule immense
composée des peuples soumis au
sceptre Persan, chacun revêtu
de son habillement particulier,
et portant des dons et des offrandes. Je vis Dschemschid, le sage
monarque, assis sur un trône d'or,
d'où il prononçoit des jugemens.
Il se leva ensuite et s'approcha de
l'autel du feu, pour instituer la
fête de Neürouz (24), à laquelle
assistoient les députés de toutes les
provinces. Les principaux offi-

ciers du royaume se tenoient aux
côtés du roi; au-dessus de sa tête
planoit l'emblême ailé de son
Ferwer, comme pour le protéger.
Les députés apportoient l'of-
frande de toutes les prémices et
des meilleures productions de
leurs pays, les déposoient devant
le trône, et s'inclinoient pour prê-
ter le serment de fidélité. »

« Dschemschid disparut. Mais
il lui succéda aussitôt une longue
suite de vieillards vénérables,
décorés de la couronne, du sceptre et de l'habillement des rois de
Perse. Fantômes formés de nuages, on reconnoissoit pourtant
leurs figures, et on lisoit le nom
de chacun écrit en lettres d'or.

Je vis tous les rois Pischdads depuis Cajumarath, le premier de
cette race ; ensuite les dynasties
des Keanides, des Askanes et des
Sassanides qui passèrent tour-à-
tour. J'aperçus aussi Roumi (25),
le héros Macédonien, qui précipita du trône Darab le jeune, et
qui cependant n'anéantit pas le
royaume des Perses. Des rois de
races différentes le suivirent, ensuite reparurent des monarques
Perses. Après Jezdedjerd, le dernier Sassanide, se montra un dé-
vastateur sanguinaire, Omar, en-
touré de farouches Musulmans.
Une suite de figures majestueu-
ses, en habits de califes, mar-
choient après lui. Ensuite venoit
la race des Sophis, jusqu'au der-

nier détrôné par Schah - Nadir.
Les figures devenoient toujours
moins fixes et moins distinctes ;
enfin elles s'évanouirent comme
des vapeurs, en se dirigeant successivement, à l'exception de
Roumi, du côté des tombeaux
isolés. Alors, à la place du palais
des rois, s'éleva un magnifique
temple de feu, où Zoroastre, avec
ses Mages, entretenoit le feu sacré, apportoit des offrandes, et lisoit des prières tirées de la loi d'O-
romasc. Tout-à-coup les yeux de
mon ame furent comme éclairés
par un rayon de lumière céleste.
Le passage du livre de ma mère,
terminé par ces mots : « je trouvai
un livre qui seul renfermoit la
vérité, » se présenta vivement à

mon esprit, et dans le moment
les caractères de l'Avesta, qui
étoit ouvert, semblèrent effacés.
A leur place on lisoit en lettres
d'or le mot Évangile. Une croix
lumineuse planoit au-dessus du
livre. Zoroastre et les prêtres qui
l'entouroient disparurent ; mais
à leur place je vis des figures vénérables, courbées à genoux devant la croix, les mains et les
yeux levés vers le ciel ; une voix
sortie des nuées, s'écria : « Elle
est passée l'antique domination
de l'erreur. La vérité est sortie
de l'Orient, la superstition l'a
obscurcie ; mais de l'ouest elle se
répandra plus pure et plus claire,
comme un torrent de lumière
céleste. »

« La figure d'un ermite avancé
en âge se montra alors. « Je suis
Om, dit-elle, ce sage pieux, prédécesseur de Zoroastre, qui reçut
d'Oromaze la loi de lumière pour
l'annoncer aux hommes; je les
arrachai à la grossièreté et à la
barbarie, je leur donnai des lois,
je fondai le culte du feu, et j'ins-
tituai les Mages. Mais un être
divin, servi par les esprits célestes, vint sur la terre; devenu
homme, il se mêla parmi les hommes, leur enseigna une loi plus
sainte. Le feu d'Oromaze s'étei-
gnit; la source de jeunesse éternelle fut tarie. L'arbre de vie de
hom ne produisit plus de fruits;
le kosti, ceinture sacrée, et le
sadère, vêtement du salut, aban-

donnèrent mon corps. Le livre
de la première loi de lumière
ne fut plus qu'une lettre morte.
C'est devant toi, à qui est due
l'adoration, que je m'incline en
toute humilité, s'écria Om; par
ce signe, qui brille dans les nues
au-dessus de ma tête, tu as racheté
le monde. »

« En ce moment disparurent le
temple du feu et ses prêtres, et je
vis sur un ciel azuré, où brilloient
des astres innombrables, le signe
de la croix. Le rêve finit. Quand
je m'éveillai, l'éclat de l'aurore
embellissoit l'Orient, et le soleil
éclairoit les montagnes lointaines; mais le palais avec ses ruines
grisâtres étoit encore dans les

ténèbres, comme un voyageur
solitaire au milieu du désert. Il
est passé, son éclat, me disois-je,
ainsi que la vie des potentats qui
l'habitoient jadis ; ils reposent
dans leurs tombeaux, les rois qui
étendoient leur domination sur
l'Asie. Ce puissant de la terre est
devenu un squelette ; ce puissant
qui se fit composer cette épitaphe (26) :

« J'étois l'ami de mes amis, le
« meilleur cavalier, et le meilleur
« tireur d'arc ; j'avois le prix parmi
« les chasseurs, je pouvois ce que
« je voulois. »

« Ils sont tombés comme des
ombres ; mais toi, superbe monument des temps anciens, tu as

survécu aux siècles, et peut-être
verras - tu bientôt le signe qui
m'est apparu en songe, briller sur
tes ruines ! »

« Je pris alors le petit livre de
ma mère, car il ne me quittoit
jamais ; je lus une hymne du matin, puis le passage énigmatique
de la fin. Un pressentiment intérieur me disoit qu'il désignoit
l'Évangile. Des raisons puissantes
combattoient, il est vrai, cette
idée ; car je me persuadois que
ma mère, fidèle à la foi de ses
pères, étoit morte dans la religion des Parsis. Cependant un
désir irrésistible me portoit à
aller dans un pays où je pourrois.

obtenir une connoissance plus
exacte du christianisme. »

« Après avoir éveillé mon guide, et m'être informé des chemins
les plus sûrs dans cette contrée
si rarement visitée , je résolus de
gagner Bassora au confluent de
l'Euphrate et du Tigre , et de-là
la Syrie ; voyage plein de dangers. Thamas-Kouli-Kan ne vivoit
plus; mais depuis sa mort, la Perse
n'étoit pas devenue plus tranquille. Car Kerim-Kan, issu d'une
tribu Curde, lui ayant succédé,
les Afghans se soulevèrent de nouveau. Plusieurs princes se dispu-
tèrent la possession du trône; la
Perse malheureuse fut livrée et
exposée à des dévastations conti-

nuelles. Je pris donc le parti, pour
ma sûreté, de voyager en pénitent.
Je ne conservai de mon habit Parsis, que je laissai à mon guide, que
la ceinture sacrée, car un Mobed
ne peut la quitter. Je jetai sur
mes épaules, à la manière des pélerins Arabes, la tunique blan-
che, et je couvris mes reins d'une
bande de poil de chameau. »

« Prenant le bâton et la besace,
j'entrai dans la route que je ne
connoissois pas. A Bassora, je
rencontrai une caravane qui venoit de l'intérieur de la Perse, et
alloit à Alep (27) par le désert de
Syrie. Le lendemain matin nous
commençâmes notre voyage.
Nous suivîmes pendant quelque

temps les bords de l'Euphrate,
ombragés par des forêts de da-
liers; j'eus occasion d'observer
des temples du feu abandonnés,
des autels en ruine, même des
villes jadis florissantes, aujour-
d'hui désertes; mais rien ne me
parut plus digne d'attention que
les restes de l'antique Babylone
au-dessus de Hellé (28). Ce ne sont
guères que des murs écroulés,
des amas de briques et de décom-
bres, mais tout cela suffit pour
indiquer l'endroit où cette ville
royale des temps anciens, s'élevoit pompeusement. Après un
voyage pénible, où souvent nous
marchâmes des journées entières,
sans rencontrer une source, nous
arrivâmes à Tadmor (29). J'y admi-

rai les ruines magnifiques de cette
ville autrefois si brillante. Une
partie de la caravane ayant pris
le chemin de Damas, je l'accompa-
gnai, parce que cela me rapprochoit de la Syrie; je quittai à Damas
mes compagnons de voyage. Je
m'acheminai seul vers Acre ; un
hasard m'y procura la connoissance du Cheik Daher qui, avec
une nombreuse armée, campoit
en dehors de la ville. Je guéris
quelques-uns de ses meilleurs
guerriers qui étoient malades, et
je gagnai tellement sa confiance
qu'il vouloit m'engager à son service; mais j'avois trop souvent
éprouvé l'inconstance du destin
pour me fier de nouveau à son
souris perfide. Je voulois vivre

indépendant, et chercher librement la source de la vérité que mes pressentimens me faisoient entrevoir.»

« Ce fut là, Mehaled, que je te connus. Ton infortune me toucha. Le prince, à ma recommandation, te reçut dans son armée. J'avois rempli envers toi le devoir si doux de l'humanité ; qu'avois-je besoin d'autre récompense ? »

« Je quittai Acre sans délai, et je portai mes pas vers le pays des Maronites. Le Kesroan me parut remarquable par sa beauté et sa fertilité. Des mûriers, des vignes magnifiques, des prairies et des pâturages, des grains, des fruits de toutes les sortes, font la richesse de ce pays, qui est un vrai paradis. Les mûriers et les oliviers, plantés en allées régulières, forment des promenades délicieuses, bordées par des ruisseaux et des canaux d'une eau pure. Je n'ai rien vu de plus beau que ces campagnes riantes; la plupart des villages et des bourgades sont situés sur des hauteurs d'où l'on jouit de l'aspect ravissant de la mer et des vallées. Sur le penchant d'une de ces éminences étoit placé un monastère assez considérable vers lequel je hâtai mes pas. »

« Mais pourquoi, lui dit le

II.   3

Cheik, ne t'es-tu pas arrêté de
préférence dans le pays des Druses que tu étois obligé de traverser ? nous nous serions connus
plutôt. »

« Un Maronite, que je ren-
« contrai à la suite de Daher, »
répartit l'ermite, « m'avoit donné
« des lettres de recommandation
« pour ce monastère. »

« Comment y fus-tu reçu ? »
demanda Mehaled.

« De la manière la plus affectueuse, répondit le vieillard.
Après que le temps pendant lequel on a coutume de traiter
chaque étranger fut écoulé, je

découvris aux bons pères le desir
que j'avois d'être instruit dans
leur religion; ils y applaudirent,
et m'offrirent tous les secours nécessaires pour me conduire dans
la voie du salut. J'appris, dans
l'Evangile, à connoître la vie divine et les préceptes du Sauveur.
Comment vous peindre le plaisir
que mon cœur ressentit à mesure
qu'il se pénétra plus intimement
du véritable esprit du christianisme, de cette loi sublime d'a-
mour, de patience et d'humanité!
Il ne trouva le soulagement et le
repos de l'ame qu'en se conformant à cette doctrine divine.
Dans la paix de la solitude, occupé à améliorer mon ame, je
consacrai plusieurs mois, sans

interruption, à recevoir les instructions que me donnoit un des
religieux. Lorsqu'il me jugea suf-
fisamment instruit, et qu'il vit
que mon désir de devenir chrétien s'accroissoit à chaque instant, il fixa le jour auquel je re-
cevrois le baptême. Ce sacrement
me fut administré dans l'église
du couvent, par l'évêque qui
étoit en même temps supérieur
de la communauté religieuse, et
en présence d'une réunion nombreuse, venue de tous les can-
tons des environs pour assister
à la pieuse cérémonie. Je reçus
le nom de Basile, fondateur et
patron de l'ordre. Je me sentis
comme animé par une vie nouvelle et régénéré, par mon admis-

sion dans le christianisme. Le
bandeau de l'erreur étoit tombé
de dessus mes yeux; chaque jour
je reconnoissois avec plus d'évi-
dence le néant des illusions auxquelles j'avois été si long-temps
attaché. Je m'appliquai avec un
soin infatigable à connoître les
devoirs nouveaux qui m'étoient
imposés; la docilité que je mani-
festois pour tout ce que mon
instituteur m'ordonnoit, me ga-
gna si fort son inclination, que
non-seulement je fus admis aux
ordres sacrés, et qu'après avoir
subi le temps d'épreuves, je fus
ordonné prêtre; mais que même,
à cause de mes connoissances
dans les langues de l'orient, on
me jugea digne de l'important

emploi de missionnaire. Un membre de la communauté venoit
d'être nommé pour aller prêcher
la foi aux habitans payens d'une
partie de l'Abyssinie : je fus choisi pour l'accompagner. »

« Ce pieux missionnaire, nommé Ambrosios, étoit un homme
éprouvé par l'âge et par les événemens de la vie. Destiné dès sa
jeunesse aux missions, il dévoua,
avec un zèle apostolique, sa vie
entière à cette fonction sainte. Il
avoit déjà passé de longues années dans l'Inde ; et quoique dans
un âge avancé, il affrontoit cou-
rageusement tous les dangers,
supportoit toutes les afflictions
et eût volontiers obtenu la palme

du martyre pour la vérité et la
foi. »

« Souvent il me paroit avec
chaleur de la sublimité de sa vocation et du bonheur de répandre
la doctrine de Jesus - Christ. En
m'indiquant les moyens de tra-
vailler avec fruit dans la vigne du
Seigneur, comme il élevoit mon
esprit ! comme j'aspirois à partager
avec lui ses fonctions salutaires !
comme je bénissois le ciel de m'a-
voir conduit à la vraie lumière !
Je dois ici vous raconter un événement singulier. »

« Un jour qu'assis sur le bord de
la mer, je repassois dans ma mémoire les instans de ma jeunesse,

et que je rendois graces à la providence d'avoir jusqu'à ce moment guidé mes pas avec une bonté paternelle, une vague vint couvrir le petit livre de ma mère,
posé à terre à mes côtés ; je l'arrachai avec peine au danger d'ê-
tre entraîné. Il étoit entièrement
mouillé ; je le mis au soleil qui
ne tarda pas à le sécher. En le
reprenant, je m'aperçus qu'un
feuillet blanc qui recouvroit l'intérieur de la couverture, amolli
par l'humidité, pouvoit se déta-
cher aisément et laissoit distinguer, sur l'autre côté, de l'écriture
que je reconnus pour celle de ma
mère. A peine eus-je détaché le
feuillet, que je vis sur la partie
qu'il recouvroit la continuation

du passage qui étoit toujours resté pour moi une énigme indé-
chiffrable. Je lus donc de suite :

« Je trouvai enfin un livre qui
« seul contient la vérité que j'ai
« si long-temps cherchée en vain ;
« doctrine sainte qui conduit à
« la félicité, et qui donne le pré-
« cepte et l'exemple. C'est... »
L'ermite alla en même temps
chercher le petit livre renfermé
dans une armoire de la cellule,
montra le passage aux Druses,
et ajouta : « Ici, comme vous
voyez, se trouvent ces paroles :
« l'évangile de Jesus Christ. » Au-
dessous est dessinée une croix do-
rée assise sur des nuages, avec
cette inscription autour : « Liata

3*

trouve dans ce signe, son salut
et sa rédemption.... »

« Ma surprise, mon étonnement
le cédoient cependant à la joie
que cette découverte me causoit.
Je versai des larmes de ravissement religieux; j'imprimai mille
baisers sur ces traits chéris; car
je ne pouvois plus douter que ma
mère n'eût été chrétienne. Je me
sentis doublement heureux d'être
uni par ce nouveau lien à celle
que j'avois perdue de si bonne
heure; je me représentai son esprit planant autour de moi, et il
me sembla qu'une voix angélique
me disoit tout bas : « Ses prières
« ont obtenu du ciel ta conver-
« sion. » Ma mère avoit été au

nombre des servantes de Jésus-
Christ ; cela me paroissoit évi-
dent, mais tout le reste étoit un
mystère dans lequel je me per-
dois, quand je cherchois à l'ap-
profondir davantage. »

« Je m'acheminai vers le couvent pour faire part de cette sin-
gulière découverte à Ambrosios.
Il ne fut pas moins surpris que
moi, puis m'ayant adressé quelques questions sur ma famille et
sur le lieu où demeuroient mes
parens, il se rappela, quand je lui
eus dit le nom de ma mère, qu'un
jour il avoit baptisé à Patna, la
femme d'un Parsis qui s'appeloit
Liata. Il compulsa son registre
de baptêmes ; et j'y lus le nom

chéri de ma mère, accompagné
de celui de Marie-Anne, qu'elle
avoit reçu en embrassant la foi.
Ambrosios me raconta ensuite
que, durant son séjour à Patna,
chaque fois qu'il avoit prêché les
paroles du salut lors des fêtes
religieuses ou des autres solennités, il avoit distingué parmi
ses auditeurs une femme d'une
taille svelte, d'un maintien recueilli, et voilée à la manière des
Guèbres, qui se tenoit cons-
tamment à côté de lui. Un jour
qu'il venoit d'entendre les con-
fessions, elle s'étoit approchée
de lui, et lui avoit découvert le
désir qu'elle avoit de devenir
chrétienne. « Mes discours, ajouta Ambrosios, lui avoient plus

profondément imprimé dans le
cœur la vérité de l'évangile qu'elle
connoissoit déjà par une traduc-
tion persane qui existoit parmi
les livres de son père ; mais elle
n'osoit faire profession de la foi
qu'en secret , parce que son
époux étoit un sectateur si zélé
de la religion de Zoroastre , que
tous ses efforts pour l'instruire
de la doctrine de Jésus - Christ
avoient jusqu'alors été inutiles.
Elle ne perdoit cependant pas
tout espoir; mais elle me conju-
roit de hâter son admission dans
le sein des fidèles, parce qu'elle
sentoit un dépérissement sensible
de ses forces, et que peut-être
elle n'avoit pas long-temps à vivre. Je condescendis à son pieux

désir, et après l'avoir instruite
des principaux points de la religion, je lui donnai le baptême.
Peu après je quittai Patna, pour
poursuivre l'ouvrage du salut
dans les contrées voisines. A mon
retour à Patna, environ un an
après, m'étant informé de Liata,
j'appris qu'elle avoit donné le
jour à un fils, et, peu de temps
après, étoit morte. »

« Durant ce récit, je pleurai
abondamment. Le bon Ambrosios chercha à apaiser mon affliction par ces paroles :

« Console-toi, mon ami, Liata
est mieux dans le séjour du salut, que si elle marchoit encore

dans la vallée de la souffrance.
Ne doute pas que cette ame
pieuse ne prie pour toi, et
que tu ne la retrouves parmi
les bienheureux, quand ton
heure aura sonné. »

« Mais explique-moi, lui dis-
je, comment ce secret m'est
resté si longtemps caché, et comment je puis me rendre raison
de ce feuillet du petit livre, in-
tercalé par une main étrangère ? »
— « Voici ce que j'imagine, reprit Ambrosios. Ta mère remar-
quant l'aversion constante de ton
père pour le christianisme, a
soigneusement gardé ce joyau,
jusqu'à l'instant où la mort vint
la surprendre. Peu après qu'elle

eût fermé les yeux, le livre fut
remis scellé par le Destour à ton
père, afin qu'il te le donnât
quand tu serois arrivé à l'âge de
raison. Mais tu sais que les Parsis, aux derniers momens de leur
vie, sont entourés par les Mobeds
qui, attentifs surtout à ce que
les cérémonies du Sag-did (30),
extrêmement essentielles, suivant leur opinion, soient exac-
tement observées. Comme les
Mobeds sont ennemis déclarés
des chrétiens, il est probable
qu'un de ces prêtres jaloux, ne
pouvant anéantir le petit livre
de ta mère, a cherché à dérober
aux yeux des Parsis cet aveu de
Liala si peu flatteur pour sa religion. »

« Cependant l'époque de notre départ approchoit insensiblement. Après avoir rassemblé ce qui nous étoit indispensable pour notre voyage, nous nous mîmes en route. Le carême étoit prêt à finir. Nous nous hâtâmes en conséquence d'arriver à Jérusalem, pour y célébrer la fête de Pâques. Les Pères de la mission nous accueillirent avec bonté. Quoique la cité sainte ne soit aujourd'hui qu'une misérable bourgade, et laisse à peine entrevoir quelque trace de son ancienne grandeur, je n'en foulai le sol sacré qu'avec un respect inexprimable. Je visitai, avec le plus profond recueillement, les montagnes de Moria, de Salem,

de Sion, des Olives et ce Golgo-
tha que la mort du Sauveur a
rendu pour les chrétiens le lieu
le plus saint de la terre. Une
foule innombrable de pélerins
de tous les pays y étoit réunie ;
quel coup-d'œil touchant de voir
cette pieuse multitude célébrer
la fête de Pâques au tombeau
de Jésus-Christ! Après avoir visité Bethléem et les endroits les
plus remarquables autour de la
cité sainte, nous allâmes au Caire (31); nous vîmes les pyramides
de Gizeh qui, avec les ruines des
environs, indiquent au voyageur
la place où fut jadis Memphis.
Ensuite nous nous embarquâmes
sur un Canja, espèce de navire
en usage dans ce pays, et nous

voguâmes vers la Haute-Egypte.
Les rives du Nil, monotones et
seulement ombragées çà et là par
des palmiers et des dattiers, n'offrent que rarement des aspects
rians. Quelquefois l'œil aperçoit
un misérable village, des hordes
d'Arabes campées sous des tentes,
des pyramides et des ruines désertes. Plus on remonte le fleuve,
et plus la chaîne des montagnes
arides, en s'approchant ou en
s'éloignant de ses bords, rend la
perspective pittoresque; plus les
débris majestueux des monumens
de l'antique Egypte, deviennent
fréquens. Dendera avec ses temples et ses portiques magnifiques, les villages d'El-Gourni,
d'Esné, d'Edfou, puis les ruines

superbes et les tombeaux de l'ancienne Thèbes, me frappèrent
d'étonnement et d'admiration.
Ces statues symboliques des dieux
qui élevoient devant moi leurs
formes gigantesques, ces temples,
ces portiques en granite, ornés
d'hiéroglyphes et d'images symboliques, tout me parut prodi-
gieux. Quel attrait ces objets auroient eu jadis pour moi ! comme
ils auroient excité ma curiosité à
les expliquer ! mais ils ne me pa-
roissoient plus qu'un alphabet
mort. Les figures ne me présen-
toient que les symboles d'un culte
éteint depuis long-temps; ruines d'une idolâtrie semblable a
celle du culte de Brama, sous
une forme différente. J'avois

choisi une occupation plus noble,
un but plus élevé ; enseigner la
vérité de l'évangile, la répandre
parmi les infidèles. Nous arrivâmes enfin à Syene, appelé Assouan
par les Arabes. Nous visitâmes
les cataractes du Nil, voisines de
cette ville, et comme elles em-
pêchent que la navigation ne
continue pour remonter le fleuve, nous nous joignîmes à une
caravane. Un peu au - delà de
Syène, quand on a quitté les
hautes montagnes qui entourent
ce lieu, commence le grand désert de Nubie où, dans les premiers temps du christianisme,
des hommes pieux, ne vivant
que pour le ciel et pour les méditations religieuses, donnèrent

au monde des exemples de vertus
et de sacrifices bien rares. Nous
lisions souvent le récit de leurs
principales actions sur le lieu
même qui en avoit été le théâtre;
cette occupation nous fortifioit,
nous édifioit, et nous rendoit aussi
plus supportables les fatigues
d'un voyage dangereux. Aux peines infinies que le voyageur a à
supporter dans ces campagnes
désertes, se joint la crainte des E-
thiopiens farouches qui, en troupes nombreuses, descendent à
l'improviste des montagnes et ont
souvent détruit une caravane entière. Le vent du sud ou samoun
(32), n'est pas moins désastreux. Il
élève en l'air des tourbillons de
sable brûlant ; tantôt il laisse tom-

ber en forme de pluie des nuages
d'une poussière fine, tantôt il
dresse des colonnes d'un sable
rougeâtre qui se répandent sur
la plaine avec une impétuosité
épouvantable, détruisent tout, et
donnent une mort prompte au
voyageur qui ne se jette pas soudain la face contre terre. Comme
il est dangereux pour les chrétiens de passer pour tels en suivant les caravanes, je me donnai pour un médecin Persan.
Mon compagnon avoit acheté
au Caire, d'un voyageur Euro-
péen, entr'autres marchandises
recherchées en Afrique, un opti-
que avec des paysages en pein-
ture qu'il faisoit voir aux curieux,
et qui par la suite nous procura

un accueil amical chez les peuples grossiers que nous visitâmes.
Nous obtînmes les meilleurs ren-
seignemens sur les pays que nous
devions parcourir, dans les couvens coptes où nous allions toutes les fois que notre caravane
prenoit un jour de repos. »

« Dieu nous fit surmonter tous
les obstacles et tous les dangers.
Nous arrivâmes, bien portans et
pleins de courage, dans un village
du royaume de Sennaar; aujour-
d'hui misérable, il attire l'attention malgré son état de délabre-
ment, parce que l'on peut in-
duire de ses ruines, des traditions, et du témoignage unanime
des anciens écrivains, que c'est

l'emplacement de l'antique Me-
roe, capitale d'un royaume fondé
par les peuples pasteurs de l'E-
thiopie. C'est là que l'écriture hié-
roglyphique fut inventée ; des
obélisques, des temples ornoient
cette cité, avant que la Basse-
Egypte les connût ; et dès les
premiers temps on y faisoit un
commerce florissant. Lorsque
nous passâmes dans ce petit état,
l'autorité souveraine y étoit entre
les mains d'une femme. »

« Là nous nous séparâmes de
notre caravane qui étoit destinée pour le Darfour et pour
d'autres pays de l'intérieur de
l'Afrique. La princesse à qui
nous nous fîmes présenter com-

me Nazaréens , c'est le nom
que l'on donne aux chrétiens
dans cette contrée, nous permit de parcourir librement son
pays. Comme on nous avoit mis
en garde contre les mœurs féroces des habitans du Sennaar
et-la cruauté de leur roi, nous
évitâmes ses états, et nous allâmes chez les Nubas , tribu d'un
caractère doux et d'origine Arabe. Ils nous reçurent avec amitié.
Nous vécûmes parmi eux comme
des frères , et nous gagnâmes
leur confiance, parce que non-
seulement nous leur prêchions
l'évangile , mais nous leur ensei-
gnions aussi à améliorer leur
agriculture, à mieux soigner les
produits de leurs champs, et à

vivre plus commodément dans
leur intérieur. »

« Aussi pendant notre court séjour chez ce peuple avons-nous
converti un grand nombre d'ames
à la foi. »

« Nous allâmes ensuite à Gon-
dar, capitale de l'Abyssinie. Le
roi Joas qui vivoit alors, nous fit
appeler devant lui ; nous lui pré-
sentâmes nos lettres, et il nous
accorda la permission de con-
vertir à l'évangile ses sujets ido-
lâtres. Nous fumes envoyés dans
la partie méridionale de cet état,
vers les peuples connus dans l'antiquité sous le nom de Troglo-
dytes ou habitans de cavernes,

et qui aujourd'hui mènent le
même genre de vie dans les hautes montagnes de l'Abyssinie. C'est
aussi dans cette contrée que vi-
vent les tribus belliqueuses des
Agows, des Amharas, des Gallas,
des Dobenas, et des Falaschas;
peuples pasteurs et nomades qui,
à l'époque de la chute périodi-
que des pluies, se transportent
dans les vallées d'Atbor, et sur
les rives du Mareb. »

« Nous vécûmes plusieurs années chez ces peuples. Nous y es-
suyâmes bien des traverses, que
nous offrîmes humblement au
ciel; ne redoutant aucun danger
pour répandre la foi et par son
moyen l'humanité et les bonnes

mœurs. Notre moisson fut abon-
dante ; Dieu nous récompensa de
nos peines par la conversion d'un
grand nombre d'ames. Je trouvai,
chez les Falaschas juifs, indépen-
damment de la Bible , les livres
d'Enoch et de Seth, dont mon
instituteur persan de Patna m'a-
voit parlé si souvent. Mais ces
deux ouvrages ne me semblèrent, après un examen attentif,
que des écrits futiles , publiés à
une époque assez récente , et
dont le contenu n'étoit rien moins
qu'instructif. »

« Après avoir rempli pendant
long-temps les fonctions de missionnaire dans cette contrée ,
Ambrosios obtint son rappel , et

reçut la commission de visiter., en revenant, les communautés religieuses de Géorgie et d'Arménie. Nous nous embarquâmes à Masuah, port de la Mer Rouge, le plus voisin de l'Abyssinie, et nous fîmes voile pour Suez, d'où nous nous dirigeâmes sur Jérusalem, puis nous revînmes chez nos frères dans le pays des Maronites. Ensuite nous traversâmes Alep et le Diarbek pour gagner l'Arménie, et par Teflis nous arrivâmes ici dans ce siége principal de l'église de Géorgie. Le dessein d'Ambrosios étoit d'aller ensuite à Anarghia, port voisin en Mingrélie, et de traverser la Mer Noire jusqu'à Constantinople, puis de s'embarquer dans cette capitale de l'em-

pire Ottoman pour l'Italie. J'a-
vois intention de l'accompagner;
mais l'âge, la foiblesse du corps,
et les fatigues d'une longue mission, avoient miné la santé du
bon Ambrosios. J'avois déjà re-
marqué chez lui, lorsque nous
retournions au monastère, les
symptômes d'une maladie qui se
déclara promptement, et l'atta-
qua avec tant de violence, que
malgré les soins les plus empres-
sés, il mourut en peu de jours.
Calme et tranquille, la pensée
uniquement dirigée vers sa patrie
céleste, cet homme pieux quitta
avec joie ce monde terrestre; ses
dernières paroles furent des ex-
hortations de ne pas abandonner
la voie de la foi et de la vérité

qu'il m'avoit enseignée. Plongé
dans les larmes, le cœur navré,
je fermai les yeux de ce compagnon fidèle. »

« La mort de ce serviteur de
Dieu me fit désister de mon pro-
jet d'aller à Rome. La vieillesse
commençoit aussi à peser sur ma
tête. Je me sentois totalement in-
capable des fonctions qui exigent
la vigueur et la vivacité de la jeunesse. La diversité des épreuves
auxquelles j'avois été soumis, les
nombreux changemens que ma
destinée avoit essuyés, m'avoient
inspiré un si grand dégoût de la
vie inconstante et passagère de ce
monde, et un désir si ardent de
jouir du repos, que je bénis le

ciel de m'avoir conduit après tant
d'orages dans le sein de la solitude où je pouvois consacrer le
reste de mes jours aux méditations religieuses. »

« J'écrivis à Rome, et en ren-
dant compte au Père des fidèles
de notre mission, je sollicitai la
permission de rester dans ce monastère. Elle me fut accordée ;
les supérieurs consentirent aussi
à ce que je vinsse habiter un des
ermitages les plus élevés, au lieu
de demeurer dans l'intérieur du
couvent. Cela convenoit mieux
à mon genre de vie ordinaire,
et je pouvois être plus utile en
recueillant dans la montagne des
plantes salutaires, et en les pré-

4.

parant, qu'en m'adonnant à toute
autre occupation.»

« Depuis cette époque, je jouis
ici d'un bonheur sans mélange,
que l'on n'acquiert que par la
piété et par la pratique des devoirs de l'humanité. Jésus-Christ
qui les remplit de la manière la
plus exemplaire, les recommande
comme l'essence de sa doctrine.
O mes amis, continua-t-il, ce
n'est que dans l'exercice de la
charité sainte, de la résignation
et de l'humanité qu'est la source
des plaisirs célestes. Ils sont ren-
versés les dieux de l'antiquité, le
règne des fables est anéanti; la
loi de la véritable lumière éternelle s'est manifestée et se répandra dans le monde entier (33). »

Le vieillard finit là son récit :
il avoit prononcé les derniers
mots avec tant de chaleur, que
son visage étoit en feu. Ses traits
éclairés par les rayons du soleil
couchant sembloient jeter de
l'éclat, comme si une lumière céleste l'eût environné.

Ce bon religieux quitta un instant ses hôtes pour arroser de
ses mains les fleurs et les plantes
embaumées de son jardin. Les
Druses étoient restés à la même
place, plongés dans des réflexions
sérieuses. Quand le vieillard re-
vint, le Cheik interrompit ce long
silence, par ces mots :

« Comment, généreux ami, te

remercier convenablement de
ton récit? les discours sont pleins
d'un sens sublime. Jamais la religion du Christ ne m'a été montrée sous une forme aussi attrayante. Si tu voulois nous com-
muniquer le livre de la nouvelle
alliance que je n'ai jamais eu
occasion de voir, je le lirois volontiers. Si la même foi ne nous
unit pas, au moins les Druses
ont de l'inclination pour les chrétiens, et se rapprochent d'eux
par ce souhait : puisse une religion unique réunir un jour tous
les hommes ! Voilà pourquoi on
les appelle aussi Unitaires. ».

L'ermite conduisit ses hôtes
dans sa cellule ; et après avoir

ouvert une armoire, il leur montra plusieurs livres qu'Ambrosios
lui avoit légués , ainsi que ses ma-
nuscrits , comme marque de son
souvenir.

Il remit au Druse un recueil
d'évangiles que les missionnaires
avoient traduit en persan par les
ordres d'Akbar, ce sage empereur
des Mongols.

Quand ils sortirent de la cellule pour prendre congé du vé-
nérable vieillard , la soirée avoit
répandu son ombre sur la terre.
En regardant du côté de leur
habitation, les Druses virent
des nuages orageux qui depuis
long-temps parcouroient l'atmos-

phère, se rassembler avec rapi-
dité et couvrir toute la plaine.
L'obscurité n'étoit interrompue
que par des rayons de lumière
qui se croisoient dans différentes
directions. L'orage s'approchoit
davantage des montagnes ; il en-
toura leurs parties inférieures,
mais ne put atteindre à leur cîme.
On entendoit le roulement du
tonnerre, le mugissement de la
tempête, et le fracas horrible de
la grêle dévastatrice ; mais autour
de ceux qui se trouvoient sur la
montagne, tout étoit calme. Le
ciel azuré et serein n'étoit trou-
blé par aucun nuage ; du haut
des rochers, ils voyoient l'éclat
resplendissant du soleil couchant
qui de ses derniers rayons doroit
les vallées lointaines.

« Le calme dont nous jouissons ici, dit le Cheik, pendant qu'autour de nous les élémens sont soulevés, est une image de l'ame du sage qui, étranger aux passions; et semblable au cèdre du Liban, défie les tempêtes. »

« Dis plutôt, reprit l'ermite, de l'ame du chrétien, qui, ne se fiant pas à ses propres forces devant Dieu qui l'a créée et la conserve, s'humilie en sa présence et lui rend de continuelles actions de graces. Il est ravissant le calme que ces hauteurs nous assurent, et de même que le corps se sent plus léger dans l'air pur qui l'entoure, de même aussi l'ame se rapproche du ciel, en

pressentant les délices qui l'at-
tendent dans un séjour plus élevé.
Mais tant que nous portons cette
enveloppe terrestre , le péle-
rin dans ce monde ne peut se
soustraire aux devoirs de l'humanité ; il faut qu'il soit utile à
ses frères, qu'il leur rende amour
pour amour , qu'il soit homme
parmi les hommes : je m'acquit-
terai de ce devoir jusqu'à mon
dernier soupir. Habitans solitaires de cette montagne , de quelle
utilité serions-nous au monde, si
renfermés dans des cellules et des
oratoires , nous consacrions nos
jours et nos nuits uniquement à
des méditations pieuses. Il pensoit plus sagement l'ami des hommes qui nous assigna ces rochers.

pour retraites; nous devions rendre ce désert fertile, et, dans les jours de danger, être utile au pays des environs. Ainsi il nous enjoignit de descendre dans la plaine après les orages et les tempêtes, et de porter du secours au voyageur qui en auroit besoin. Je me séparois de vous à regret, mais comme les nuages se dissipent, et que l'approche de la nuit vous empêche de rester plus long-temps, souffrez que je vous accompagne jusqu'à votre demeure. » Le bon ermite alluma une lampe, détacha le chien vigilant qui étoit enchaîné près de sa cellule, et marcha en avant de ses hôtes. Le ciel étoit couvert ; çà et là seulement on voyoit bril-

ler quelques étoiles. La lune ne
jetoit qu'une lumière pâle sur les
hauts rochers qui, éclairés en
même temps par la lampe du solitaire, s'élevoient comme des
nuages grisâtres. L'orage avoit
cessé, mais le vent faisoit encore
entendre d'horribles sifflemens à
travers les branches des sapins,
et balayoit la bruyère déserte.

Le vieillard mena ses compagnons le long de la montagne par
le sentier le plus sûr, connu seulement aux habitans de la partie
la plus haute. Il évita soigneusement les endroits bas, car dans
les tourmentes violentes, les eaux
des torrens s'y ramassent, les
ponts sont enlevés, et l'on n'a-

perçoit aucun vestige de chemin.

La nuit étoit profonde , les brouillards couvroient la vallée ; çà et là brilloient des flammes qui s'éteignoient souvent, puis se rallumoient en glissant d'un endroit à un autre jusqu'à un marécage où elles s'enfonçoient en terre. « Ces feux follets, dit le solitaire , regardés par le peuple comme des génies malfaisans, sont fréquens dans ce canton. Ils ont conduit plus d'un voyageur à sa perte. » De temps en temps il faisoit entendre le son d'une clochette qu'il portoit avec lui, afin d'annoncer aux personnes égarées qu'il y avoit espoir de salut.

La troupe n'avoit pas marché
long-temps, qu'elle fut frappée
du son de plusieurs voix; le bruit
se rapprochoit. Le chien vigilant
découvrant la trace de ces voya-
geurs, ne tarda pas à les amener.
Quelle fut la surprise du Cheik
en rencontrant, au milieu de la
campagne, par une nuit si orageuse, deux de ses fils! « Quel accident, mes chers enfans, s'écria-
t-il, vous a conduits ici au milieu
de cette nuit affreuse ? »

« Mon père, répartit l'aîné, un
événement que j'ose à peine te
raconter. Ce soir, lorsque le travail de la maison a été terminé,
Sedli a formé le dessein d'aller
au-devant de toi et de Mehaled.

Déjà des nuages épaïs s'étoient
amassés dans le voisinage, et chacun l'avertit de redouter l'orage
qui approchoit. Mais soit qu'elle
crût le danger plus éloigné, ou
que le désir ardent d'aller à votre rencontre l'entraînât impé-
rieusement, rien n'a pu la rete-
nir. Seule, prenant son fils par la
main, elle suivit le chemin des
montagnes. Nous étions tous occu-
pés aux travaux des champs, lorsque l'orage nous a surpris ; il a
été si soudain, qu'il n'y avoit pas
moyen de fuir. Car tandis que le
ciel s'obscurcissoit et que les ténèbres égales à celles de la nuit
n'étoient interrompues que par
la lumière des éclairs qui se sui-
voient avec une promptitude tou-

jours croissante, l'horreur de la
tempête a été accrue par une
grêle furieuse qui a renversé ce
que la tourmente avoit épargné.
Vous trouverez partout sur votre
route des marques de dévasta-
tion. Mais c'est dans nos campagnes que l'orage a causé les rava-
ges les plus désastreux. Les ruisseaux, semblables à des torrens
fougueux, se précipitoient du
haut des montagnes. Les arbres
les plus forts sont déracinés, les
bâtimens abattus, les moissons
hachées par la grêle. Nous avons
trouvé heureusement une cre-
vasse de roche où nous nous
sommes réfugiés jusqu'au moment où l'ouragan est devenu
moins furieux. Nous avons couru

à la maison; mais quelle a été
notre terreur quand notre mère,
déchirée par ses inquiétudes, nous
a appris que Sedli, sortie un peu
avant le commencement de la
tempête, n'etoit pas de retour!
Nous avons suivi le sentier qu'elle
avoit pris, nous nous sommes
partagés en différens chemins,
nous avons visité soigneusement
les éminences et les vallées. Après
bien des recherches, j'ai découvert Sedli étendue sur la pelouse
d'un côteau, tenant son enfant
fortement embrassé, et couvrant
sa tête de la sienne : cette mère
tendre, afin de préserver son fils
de la grêle, avoit exposé son
corps délicat à toute la violence
de l'orage. Une si grande quan-

tité de grains de grêle s'étoit en-
tassée autour d'elle, qu'on la dis-
tinguoit avec difficulté. J'ai cherché à la débarrasser, aussi promptement que je l'ai pu, de ce poids
accablant; je l'appelai, mais elle
ne me répondit pas. L'enfant,
échauffé par la respiration de sa
mère, avoit encore l'usage de
ses sens, quoique étourdi par la
frayeur; mais Sedli, blessée par
la violence de la chute de la
grêle, restoit étendue sans connoissance et sans voix. Pendant
que j'étanchois son sang, mes
frères se sont réunis à moi. Nous
avons porté la mère et l'enfant à
la maison. Après avoir posé Sedli
sur son lit, l'avoir enveloppée de
couvertures de laine bien chau-

des, et avoir cherché à ranimer ses forces par un baume vivifiant, elle est revenue tout-à-coup de son évanouissement, a demandé si son enfant vivoit encore, s'est informée ensuite de vous, et est retombée en défaillance. Nous avons vainement employé tous nos efforts pour l'en retirer. Nos autres frères sont restés pour soigner la malade, et aider leur mère, qui se tordant les mains et pleurant, ne quitte pas Sedli. Nous sommes venus en hâte pour prier le bon ermite dont Meha-led nous avoit appris la science profonde dans la préparation de remèdes salutaires, de voler au secours de notre sœur. »

« Combien je me réjouis que vous m'ayez rencontré ici, reprit le vieillard. Ne perdons pas de temps. » Il double aussitôt le pas avec Mehaled qui, hors de lui-même, avoit à peine entendu les dernières paroles du récit. L'imminence du danger, le désir de sauver Sedli, rendent au solitaire la vigueur de la jeunesse, et lui donnent des ailes. Haleb alloit en avant pour annoncer leur approche. Les deux autres fils du Cheik accompagnoient leur père, harrassé de la longueur de la course, et du retour plus pénible encore. Cependant, tous ne tardèrent pas à arriver à la maison. Le cœur plein d'angoisses, le père et les frères s'approchent du lit de la

malade. Mehaled et l'ermite se
tenoient auprès d'elle; sa mère et
le reste de la famille étoient dans
une attente inquiète. Le fils de
Sedli devinant le danger de sa
mère, courut à son grand-père, et
le fit entrer en pleurant. Les yeux
remplis de larmes, fixés sur le solitaire, on attendoit sa décision.
Occupé à secourir Sedli, il parloit
peu, mais son air soucieux, ses
regards inquiets, n'annonçoient
que trop clairement l'état péril-
leux de l'infortunée. Dans ce moment qui alloit décider si la mort
la raviroit à ses parens, à ses amis,
on vit combien elle étoit aimée et
combien elle méritoit de l'être.
Non - seulement ses parens, son
époux, ses frères, ses sœurs, tous

ceux qui habitoient la maison,
baignés de pleurs, entouroient le
médecin et le conjuroient de sauver une malade si chérie; mais la
nouvelle de ce triste accident s'é-
tant répandue parmi les voisins,
tous, et surtout les pauvres à qui
elle avoit fait tant de bien en secret, accoururent dans la cour de
la maison du Cheik, et adressèrent
à haute voix des prières au ciel
pour la guérison de Sedli. Après
plusieurs jours d'une fièvre continue, la force de la jeunesse amena
une crise assez heureuse, pour que
la malade se réveillât de son long
sommeil. Mehaled, tenant sur ses
genoux le gage de leur amour,
étoit assis et pleuroit à côté de
son épouse, car depuis l'instant

de son retour il ne l'avoit pas aban-
donnée. Elle étoit foible, pâle, et
changée; cependant elle recueillit
ses forces, et tendant la main à ces
objets chéris, elle leur jeta un re-
gard où se peignoit son amour.

« Pourquoi pleures-tu, mon
bien-aimé? dit-elle d'une voix
douce; arrête tes larmes. Je suis
mieux que tu ne penses. Je suis
payée par le sentiment d'avoir
rempli le devoir de l'amour maternel, et cette persuasion allège
mes souffrances. Elles ne sont pas
non plus aussi violentes qu'elles
le paroissent. » — Cependant elle
souffroit beaucoup, et le refroi-
dissement qu'elle avoit supporté
dans la nuit orageuse, avoit dé-

veloppé dans l'intérieur de son
corps, le germe d'une destruction
peu éloignée Elle s'en apercevoit,
mais n'en laissoit rien soupçonner;
en s'efforçant soigneusement de
cacher à Mehaled et à tous ceux
qui lui étoient chers, les douleurs
qui la tourmentoient. Elle avoit
toujours le visage sérein; et dans
les momens où le mal l'empor-
toit, elle cherchoit des prétextes
pour éloigner son époux, son enfant, en un mot, ceux qui l'affec-
tionnoient le plus, afin de ne pas
les émouvoir trop vivement. Elle
remercioit par des regards pleins
de gratitude le charitable Basile,
le vieil ami de son mari. Les remèdes qu'il administroit produi-
sirent un effet si salutaire, que

Sedli se remit promptement, et
fut en peu de temps rendue aux
siens. Les Druses étoient redeva-
bles de cette guérison uniquement
aux soins de l'ermite ; aussi lui
prodiguoient ils les témoignages
de l'attachement le plus vif et le
plus sincère. Il étoit devenu pour
eux un génie sauveur. Toute la
famille le considéroit comme un
de ses membres ; la familiarité la
plus intime les unissoit mutuelle-
ment à jamais. Quand le retour de
la malade à la santé fut certain,
l'ermite retourna à sa cellule. De
temps en temps il venoit visiter
ses amis. Quand on le voyoit,
c'étoit un jour de fête.

Il se réjouissoit aussi des pro—

grès marqués de la guérison de
Sedli, dont les forces en effet sembloient renaître. Sa famille en étoit
dans le ravissement ; elle seule ne
se trompoit pas sur son état.

Elle étoit cependant assez bien
rétablie pour veiller aux soins du
ménage, et suivre sa manière de
vivre accoutumée ; car en Géorgie
comme à Zahlé et sur les bords du
Jourdain, elle étoit l'ame de la
famille. Rien ne se faisoit sans son
conseil.

Le Cheik parloit rarement des
entretiens religieux qui avoient
eu lieu dans la cellule de l'ermite, et des instructions sublimes
que ce vieillard y avoit données

sur le christianisme. Il sembloit
aussi ne pas vouloir étudier le livre
saint que Basile lui avoit remis ; il
étoit cependant probable qu'il le
lisoit seul à la dérobée.

Mais qui ne connoît la puissance
qu'exercent sur notre esprit des
principes adoptés depuis long-
temps, des préjugés anciens vieil-
lis avec nous ? Le Cheik se trouvoit
en secret flottant entre la vérité
évidente de l'évangile, qu'il ne
pouvoit nier, et l'obligation qui lui
étoit imposée comme Akal, de
rester fidèle à la doctrine d'Hakem sans l'examiner, sans la comparer avec d'autres religions. Il
préféroit donc garder le silence,
renonçoit à toute recherche ap-

5.*

profondie, et évitoit d'entamer avec les siens aucune conversation sur ce sujet.

Il n'en étoit pas ainsi de Mehaled. Sedli s'étoit à peine remise de son premier état de foiblesse, qu'il lui fit part de tout ce qu'avoit dit l'ermite, et lui montra les livres que le bon vieillard lui avoit donnés en le quittant. Les deux époux lurent avec le plus grand intérêt l'Évangile, les Actes des apôtres et leurs Épîtres.

Mais ils ne faisoient cette lecture que le soir, lorsque le Cheik et le reste de la famille n'étoient pas présens ; car ils respectoient trop son silence pour disputer

avec lui sur des objets d'une si
haute importance. L'esprit de
Sedli se pénétra promptement et
profondément de la doctrine de
Jésus-Christ; son ame candide,
formée pour tout ce qui est beau
et bon, recéloit depuis long-temps
une étincelle de la vérité céleste,
qui n'avoit besoin que d'être re-
veillée pour briller d'une flamme
pure et éclatante; Sedli étoit digne
de devenir une servante de Jésus-
Christ. Mehaled, cet autre elle-
même, partageoit toutes ses dis-
positions.

Quels sentimens d'amour, de
ferveur, de résignation tranquille
ne leur inspira pas la vie du Sauveur! Comme ils furent touchés.

de la sublimité divine, et en même
temps de la simplicité enfantine,
de l'humanité, de l'esprit de tolé-
rance de sa doctrine ? Comme ils
sentirent dans ses paroles la dignité de notre nature, quand, en
se conformant aux préceptes de
ce divin maître, l'homme paroît
comme un être formé à l'image
de Dieu ! Que de pleurs leur firent
répandre sa passion et sa mort.
Comme ils furent ranimés par sa
résurrection et par les promesses
consolantes qu'il fait à ses disciples ! Sedli étoit tout amour pour
Marie, la Vierge céleste, comme
Mehaled pour St. Jean, le disciple
chéri du Seigneur. Mais les écrits
des apôtres les pénétrèrent de vénération et d'un recueillement

profond, leur ame s'éleva à la lecture des actes de ces envoyés du
Sauveur; combien de fois ils dési-
rèrent être transportés aux premiers temps du christianisme !

Sedli eût volontiers communi-
qué ses pieux sentimens à sa mère,
mais elle n'osoit pas s'ouvrir à elle.
Haleb seul prenoit part à leurs
entretiens, et avoit une ferveur
égale à la leur.

Basile observoit avec joie les
progrès de ces ames généreuses
qui, fidèles à la voix qui les appeloit et à la lumière qui les éclairoit d'enhaut, se reconnoissoient
chrétiens et par impulsion inté-
rieure et par conviction. Ils firent

leur profession de foi au pieux
ermite, et lui demandèrent à être
admis dans le sein de l'église.

La cérémonie eut lieu un matin. Mehaled, Sedli et Haleb reçurent le baptême dans une église
voisine qui dépendoit du monastère. Ils convinrent de dissimuler
encore quelque temps, dans l'es-
pérance qu'un rayon de lumière
céleste ne tarderoit pas à indiquer
à leurs parens et au reste de leur
famille la voie du salut; cependant les nouveaux convertis fré-
quentoient l'église chrétienne, ce
qui surprenoit d'autant moins le
Cheik, que, suivant la religion
des Druses, il ne leur est pas dé-
fendu d'entrer dans les temples.

des chrétiens, et que lui-même assistoit souvent au service divin.

Quelque temps après, Mehaled fut rappelé auprès du Tzar, pour des affaires pressantes. Il partit pour Tefllis, mais ne se sépara pas de Sedli sans une vive inquiétude. La santé de cette épouse chérie s'étoit sensiblement affoiblie depuis peu, et quoiqu'elle cherchât à cacher à Mehaled ce qu'elle sentoit, les traces du dépérissement de ses forces étoient trop visibles pour lui échapper plus long-temps. Il en avoit fait la confidence pénible à Basile. Ce pieux médecin avoit employé toutes les ressources de son art pour conserver le feu qui s'éteignoit peu à peu ; mais le germe de destruction avoit jeté des racines trop profondes. Sedli tendoit toujours davantage à sa dissolution. Mehaled la quitta le cœur navré.

Le Tzar le reçut de la manière la plus affectueuse. Ce bon prince ressentit un grande satisfaction en apprenant que Mehaled avoit embrassé la foi chrétienne.

Mehaled lui rendit tous les services qui étoient en son pouvoir. Il ne vivoit que pour son bienfaiteur ; il lui consacroit ses jours, ses momens, car il avoit pour principe, que l'homme probe doit sacrifier volontairement son intérêt particulier à

celui de l'état, et lui consacrer
son existence toute entière, chaque fois que l'utilité publique
l'exige. Cependant le désir qu'a-
voit Sedli de voir les objets de
son affection devenir chrétiens,
avant qu'elle se séparât d'eux,
fut rempli.

Un religieux du couvent venoit
prêcher chaque jour de fête,
dans l'église située près de l'habitation des Druses. C'étoit le tour
de Basile; en ayant fait avertir
le Cheik, celui-ci y vint avec
toute sa famille, à l'exception de
Sedli, qui, à cause de sa foiblesse, ne quittoit plus la maison. L'ermite prit à dessein son
texte dans l'histoire de la con-

version de Corneille, le centenier
romain, et commença son discours par ces paroles, tirées du
chapitre X°. des actes des Apôtres, verset 3.

« Il vit clairement en vision
environ sur les neuf heures du
jour, un ange de Dieu qui vint
à lui, et qui lui dit : Corneille ! Et
Corneille ayant les yeux arrêtés
sur lui, et étant tout effrayé, lui
dit : qu'y a-t-il Seigneur ? Et il lui
dit : tes prières et tes aumônes
sont montées en mémoire devant
Dieu. Maintenant donc envoie
des gens à Joppe, et fais venir
Simon, qui est surnommé
Pierre »

L'orateur continua à lire la narration simple et touchante, comment St. Pierre avoit exécuté l'ordre de Dieu, en annonçant la parole du salut au centenier que sa piété avoit rendu agréable au Créateur. Il passa ensuite à la conversion du grand Apôtre qui de persécuteur ardent des chrétiens, étoit devenu, par un miracle singulier, le prédicateur et le docteur le plus zélé de la foi, l'apôtre des gentils. Il montra St. Paul pénétré de sa vocation sublime, entrant dans la maison d'Ananias qui imposa les mains sur l'infidèle, et lui dit : le Seigneur Jésus m'a envoyé afin que tu recouvres la vue et que tu sois rempli du St. Esprit.

Le bon solitaire prononça ces
paroles avec une si grande éner-
gie, avec une émotion si profonde et si vraie, que les Druses
en furent ébranlés jusques dans
le fond de leur cœur, et que la
lumière de la foi et le désir d'être
admis dans la communion chrétienne pénétrèrent leur ame.
L'ermite termina son discours
par l'énumération des avantages
que le christianisme avoit pro-
curés à l'homme en particulier,
et au genre humain en général;
il démontra d'une manière suc-
cincte et par des argumens soli-
des, la vérité, la sainteté et la
durée éternelle de cette religion.

Le discours finissoit, que tous

les Druses s'empressèrent autour
de Basile en lui demandant ins-
tamment le baptême. Après un
délai très-court, il se rendit à
leurs vœux; mais quelle fut alors
leur surprise en apprenant que
Sedli, Mehaled et Haleb avoient
déjà embrassé le christianisme !

Cependant l'état de Sedli em-
piroit de jour en jour. Semblable
à une fleur délicate, l'automne
qui suivit la vit se flétrir entièrement. Elle écrivit à Mehaled
en ces mots :

« Depuis long - temps je te
« trompe sur mon état; pardon-
« ne le moi, cher Mehaled! Sedli
« craignoit de t'affliger. Mais ma

« force m'abandonne , l'instant
« de ma dissolution approche.
« Quitterai-je la vie sans te voir
« une dernière fois ? Il faut nous
« séparer ; mais mourir n'est que
« passer à une autre vie , et pour
« dédommagement de l'absence
« de Sedli , il te reste l'enfant de
« notre amour. Dans les instans
« où tu formeras sa jeune ame à
« la vertu , et où tu lui parleras
« de sa mère, mon esprit planera
« autour de vous. Je prierai pour
« vous ; en vous attendant dans
« un monde meilleur. Ma foi-
« blesse m'empêche de t'écrire
« plus longuement ; ne tarde pas,
« Mehaled , viens dire le dernier
« adieu à ta

SEDLI.

Mehaled vola auprès de son épouse. En entrant dans la maison, la tristesse des regards de toute la famille lui dit qu'il ne restoit que bien peu d'espoir. Le cœur livré aux plus cruelles angoisses, il demanda à Basile si son art n'offroit donc pas quelque moyen de salut; mais l'ermite lui répondit en levant les yeux au ciel : « Il ne nous reste qu'à nous résigner à la volonté de Dieu. »

Mehaled s'approche du lit de Sedli qui, abattue par son extrême foiblesse, mais le sourire sur les lèvres, lui tend la main. Mehaled la prend sans proférer une parole, la porte à ses lèvres,

et l'arrose d'un torrent de larmes.
Qui pourroit dépeindre cette
scène attendrissante; qui pourroit compter les pleurs que l'on
répandoit autour de Sedli ? Faut-
il raconter minutieusement tout
ce qui se passa aux derniers momens de la mourante, quand sa
famille rassemblée autour d'elle
voyoit, avec désespoir, s'appro-
cher l'instant inévitable de la
destruction de cet être adoré ? Il
suffira de dire, qu'elle mourut en
chrétienne. Depuis l'instant de sa
naissance, sa vie avoit été pure
comme celle d'un ange. La mort
ne l'enleva point avec violence;
elle défit doucement les liens qui
l'attachoient à la vie. Sedli con-
soloit, encourageoit ceux qui

l'entouroient ; elle envisagea avec calme l'instant où elle alloit cesser de vivre. Elle s'étoit préparée à la mort avec la dévotion d'un saint. Tous les assistans, tenant un cierge allumé, récitoient à genoux les prières, lorsque l'ange de Sedli enleva son ame immortelle au séjour de l'éternelle félicité. Sa dépouille mortelle inanimée, étoit encore belle.

On ne peut décrire l'état de Mehaled. Sara, le vieux Cheik, toute la famille, tous ceux à qui Sedli avoit été chère, pleuroient autour de lui.

Le bon ermite prit soin de ses obsèques. Elles furent simples,

sans faste, comme elle l'avoit dé-
siré. Ses parens et les pauvres
seulement l'accompagnèrent ;
mais les femmes des environs demandèrent à porter son corps
au tombeau. La marche funèbre
partit le soir de la maison du
Cheik.

On avoit creusé la sépulture
dans le cimetière voisin, planté
de cyprès et de saules pleureurs.
La famille en larmes, enveloppée
de manteaux de deuil, se tenoit à
quelque distance; quand le cer-
cueil eut été déposé dans la fosse,
le prêtre commença les prières,
et après que le service de l'église
eût été terminé, les femmes réu-
nies en chœur entonnèrent ce
chant funèbre:

« Faites entendre la voix du
« gémissement et de la plainte ;
« couvrez vos têtes de crêpes de
« deuil, criez et répétez dans
« tout le pays : Malheur ! mal-
« heur ! malheur !

« Une fleur jeune et belle est
« tombée dans le jardin de la vie.
« Trop tôt ; hélas ! elle s'est flé-
« trie.

« Les graces de la jeunesse pa-
« roient notre compagne ; l'in-
« carnat de la rose, la blancheur
« du lis couvroient ses joues.

« Le sourire de Sedli étoit sem-
« blable à l'éclat tempéré du so-
« leil ; sa taille svelte ressembloit

« au jeune cèdre; son agilité éga-
« loit celle de la gazelle.

« Mais son ame étoit encore
« plus belle. Qui pourra compter
« les larmes qu'elle a séchées ?
« les amis , les pauvres qui ont
« pleuré autour d'elle ?

« De même que la source ra-
« fraîchissante s'est épanchée dans
« la vallée solitaire; de même le
« bienfait secret se répandoit ,
« sans laisser voir son origine.
« Son cœur vivoit dans les autres ;
« sa main secourable donnoit
« sans cesse.

« Mais, malheur ! malheur !
« malheur! elle a péri trop tôt ,
« victime de l'amour maternel ;

« pour sauver l'enfant de son
« amour, elle a fait le sacrifice de
« sa vie.

« Approchez avec des senti-
« mens d'admiration, de l'endroit
« sacré, ô mères ! Jetez des fleurs
« sur le tombeau de l'héroïne, de
« la plus généreuse des femmes !
« Sedli sommeille doucement du
« long sommeil de la mort, elle
« repose doucement dans la tom-
« be froide.

« Pleurez ! pleurez ! l'obscurité
« de la tombe couvre déjà cette
« belle enveloppe, nous la regret-
« terons toujours ; elle ne mar-
« che plus au milieu de nous.

« Mais regardez en haut avec

« les yeux de l'esprit : son ame
« immortelle plane au-dessus des
« nues : elle y jouit de la félicité
« éternelle. »

Le chant fini , le Cheik s'avan-
ça vers le tombeau. Sa famille
l'entouroit ; d'une voix profondément émue, il dit:

« Nous voici rassemblés au lieu
où repose celle que la mort nous
a ravie ; les pleurs que nous ré-
pandons sont des témoins de notre affliction. »

« Elle a donné un bel exemple
d'une vie pure, et un exemple
plus rare d'amour maternel. »

« Si du séjour du repos éternel tu jettes tes regards sur nous,

ô ame sainte, sois à l'avenir le
génie protecteur de notre vie! »

« C'est à toi, Mehaled, à
qu'elle avoit choisi pour époux,
qu'elle a légué la douce obligation d'élever l'enfant de votre a-
mour, afin qu'il devienne semblable à elle en vie chrétienne et en
vertu; elle nous a quittés trop
tôt, dans la fleur de la jeunesse.
Nous avons confié à la terre la per-
le, l'ornement de notre maison. »

« Cette perte est bien doulou-
reuse; mais notre consolation est
dans ces paroles : Dieu l'a ordonné ainsi. Ce qu'il commande
est sage; bénie soit sa volonté!
Rendons, avant tout, graces à la

providence qui nous a fait venir en ces pays, car c'est ici que la promesse : en Orient un bonheur nouveau sera votre partage, a eu son accomplissement. »

« Dieu nous a réunis ici pour nous y faire trouver la source du salut éternel que nous ne connoissions pas. »

Les Druses, plongés dans la tristesse, regagnèrent leur demeure. Ils visitoient souvent le tombeau de Sedli, et célébroient sa mémoire chérie.

La main du temps qui guérit tout, ne put apaiser la douleur profonde de Mehaled. Sara abattue par le chagrin et par les an-

nées, ne survécut pas long-temps
à sa fille. Le Cheik la suivit de près.

L'ermite partageant ses jours
entre la cellule et l'habitation des
Druses, resta leur ami, et mit tous
ses soins à leur rendre les préceptes divins de Jésus-Christ plus
évidens et plus chers.

La bienveillance du Tzar pour
Mehaled ne diminua pas. Après
la mort du Cheik, il lui permit
d'ese consacrer sans partage, comme chef de la maison, à la direc-
tion de sa nombreuse famille.
Graces à ses conseils, à sa pré-
voyance, à la sagesse de ses dis-
positions, elle jouit long-temps
d'un bonheur parfait.

6*

NOTES.

(1) Voici le serment qu'un Druse doit faire dans l'assemblée des Okals, lorsqu'il a mérité d'être admis à la spiritualité.

» Je suis plein de confiance en Hakem, notre souverain seigneur, Dieu éternel, unique, qui n'a point été engendré et qui n'engendre point. »

Quand il est admis, on dresse un pacte dans la forme suivante, et on le remet à l'initié :

« Moi N. N., fils de N. N., jouissant d'une parfaite santé, libre d'esprit et de corps, de mon pur mouvement et sans aucune espèce de contrainte, j'atteste et je certifie que j'adopte la religion de Hakem, à qui toute gloire

et tout hommage sont dus ; que je re-
mets entre ses mains, mon ame, mon
corps, mes biens et tout ce que je
possède ; que je me soumets en toute
chose à sa volonté sainte, me résignant
de plein gré à tout ce qu'il lui plaira
d'ordonner à mon égard, soit en bien,
soit en mal. Si j'ai le malheur de re-
noncer aux engagemens sacrés que je
prends de cœur, et d'abandonner le
culte de Hakem, où de pencher pour
quelque autre religion, je consens à
être à jamais privé de sa protection,
et à encourir les peines et les supplices
les plus terribles. Car celui-là seul
peut prétendre à la félicité des vrais
adorateurs, qui croit fermement que
Hakem, notre souverain seigneur, est
le seul Dieu dans les cieux, et le seul
pontife sur la terre qui soit digne de
nos hommages. »

« Fait et signé dans le mois de. . . ..
l'an . . . . . de la mission de Hamzah,
fils d'Ali., fils d'Ahmed, l'esclave de
notre souverain seigneur, de glorieuse
mémoire, le directeur des fidèles.,
l'exterminateur des incrédules et des
apostats, armé du glaive et de la toute-
puissance de Hakem dont le nom soit
à jamais béni (a). »

La religion des Druses consiste
plus dans la foi que dans la pratique
des œuvres de piété. Pour mériter les
faveurs célestes, il suffit d'être né Druse,
de croire à Hakem et à Hamzah, son
prophète. C'est-là l'essentiel, mais un
vrai sage doit y ajouter l'observance

(a) Répertoire de littérature biblique, par
Eichhorn, tom. XII. — Hist. des Druses, par
Worbs, p. 127. — Mém. sur les Druses, par
Venture.

de sept préceptes : le premier est d'adorer Dieu, d'être résigné à sa volonté; le second, de protéger et de défendre ses frères; le troisième, de dire la vérité; le quatrième, de s'abstenir de la chair de porc; le cinquième, de ne se nourrir que du produit d'un revenu légitimement acquis; le sixième, d'être modeste dans ses vêtemens; et le septième, d'employer quelques jours de l'année à la méditation de la sagesse.

Les Druses ont deux espèces de livres sacrés, ceux de Hakem et ceux de Hamzah.

La loi est renfermée dans les divers édits que Hakem rendit, lorsqu'il régnoit en Egypte. Le premier édit abroge toute prière publique et particulière, toute fête et tout sacrifice en l'honneur de la Divinité. La méditation de la sagesse est tout ce qu'elle exige..

Le second proscrit les dîmes, les cinquièmes et toute espèce d'aumône religieuse, et il substitue la charité envers les fidèles et l'ordre de voler à leur défense.

Le troisième abolit le pélerinage de la Mecke et tout autre pélerinage.

Le quatrième détruit toute hiérarchie spirituelle.

Le cinquième prohibe les croisades contre les infidèles dont Mahomet avoit fait un précepte.

Les livres que Hamzah a composés pour expliquer et développer la doctrine de Hakem, sont divisés en épîtres, écrites d'un style lâche, diffus, décousu, et souvent si obscur qu'on a de la peine à en donner le sens (a) .

(a) Worbs, hist. des Druses. — Venture, Mém. sur les Druses.

(2) C'est un veau d'airain dont on apprend la signification symbolique dans les grades d'initiation plus élevés. Peut-être est-il le signe de la vénération de ce peuple pour l'agriculture et pour les animaux utiles à l'homme. Plusieurs passages de leur catéchisme semblent y faire allusion. Si le vrai sens de ce signe nous étoit connu, nous saurions positivement ce que nous supposons seulement, c'est que la religion des Druses n'est pas, comme le pense Gibbon, un tissu de rêveries absurdes, qui adore comme un dieu, un calife insensé, mais une doctrine fondée sur les antiques opinions des Perses et des Indous. Le secret dont ils couvrent cette doctrine, et les préparations nécessaires pour être admis à la connoître, ont tant de ressemblance avec l'initiation aux grades élevés des mys-

tères anciens et modernes, qu'il seroit
à souhaiter que l'on pût faire des recherches historiques pour savoir si, à
l'époque des Croisades, la doctrine des
Druses n'a pas eu quelque influence sur
plusieurs des initiations modernes.

(3) « Petit peuple de Syrie. Il habite
à l'orient du pays des Druses dans la
vallée profonde qui sépare leurs montagnes de celles du pays de Damas. »
Volney, t. I, p. 469. On trouve dans
son ouvrage des détails assez étendus
sur l'histoire des Moutoualis et sur
leurs guerres avec le cheik Daher.
Pagès dit, p. 372 : Ils ne sont liés avec
aucune nation ; ils ont pour les étran-
gers les mêmes principes d'éloignement
que les Indiens. On ne peut loger chez
eux, ni manger dans le même vase ;
ils me parurent même un peu féroces.

Je n'en ai cependant jamais reçu de mauvais traitemens lorsque j'ai été dans leurs villages. Les chrétiens habitent librement parmi eux, et ils ne les haïssent pas aussi fortement que les Turcs.

(4) L'ancienne Tibériade sur le lac de Genezareth.

(5) « Corps de nation qui habite la Syrie, et dont les tribus divisées se sont également répandues dans la Basse-Asie, et ont pris depuis cent ans une assez grande extension. » Volney, t. I, p. 362. — Voyage de Constantinople à Bassora, par Sestini, p. 73, etc. 123, etc.

(6) *Voyez* Voyage de Volney en Syrie et en Egypte, vol. I, p. 457.

(7) Provinces de Perse. « L'*Ad-jerbidjan* est l'*Aderbadjan* du Zerd-Averta, et l'*Atropatene* des anciens : ces noms signifient *Pays du feu*, soit que le culte du feu y ait pris naissance, soit qu'on ait voulu faire allusion aux éruptions volcaniques auxquelles cette contrée est sujette. C'est un pays montueux, âpre et froid, mais parsemé de vallées très-fertiles en fruits et en garance. On y remarque *Tauris*, ville considérable. » Précis de la Géograp. univ. de Malte Brun, vol. III, pag. 243.

« Dans la province de Ghilan, les nombreuses rivières et les montagnes boisées rendent l'air épais. Le printemps y dure plusieurs mois. Les prés et les bois restent toujours émaillés de fleurs. Le sol y est extrêmement fertile, et produit du chanvre, du houblon., et presque toutes sortes de fruits sans culture. Les oranges, les limons, les pêches, et les grenades y abondent. Ici, comme aux bords du Mississippi, les lianes étouffent les chênes, les ormes, les frênes, sous le luxe brillant, mais funeste, de leur végétation parasite. Les ceps de vigne s'attachent aussi aux arbres, et croissent naturellement sur les montagnes ; mais faute de culture, le raisin n'est pas bon pour faire du vin, à moins qu'on ne le mêle avec d'autres. La principale production est la soie. » *Ibid*, p. 248.

(8) Nom actuel de la Géorgie.

(9) Le Kartuel ou la Carthalinie et le Cacheti sont deux provinces de la Géorgie. Elles se divisent en districts plus petits. Ces provinces sur lesquelles

les Annales des Voyages, t. XII, contiennent une notice étendue, compo-
soient jadis un royaume indépendant.
Il passa ensuite sous la domination per-
sáne, et depuis 1801 il est, sous le nom
de Grusinie, incorporé à l'empire russe.
Chardin a donné beaucoup de détails
sur le Tzar Heraclius, second fils de
Teimuras, ainsi que sur l'histoire de
ce prince et ses longues guerres avec
les Persans. Un autre Tzar Heraclius
qui parvint au gouvernement en 1751,
prit d'abord le parti des Turcs dans
la guerre que ceux-ci soutinrent contre
les Russes; mais en 1783, il rechercha
la protection de la Russie, et se reconnut vassal de Catherine II. — Il
résigna la couronne en 1789. Son fils
le Tzar Georges lui succéda. Les Russes
à l'avènement de Paul I avoient abandonné les Géorgiens aux attaques d'Ali

Mohammed Khan, souverain de la
Perse ; le Tzar Georges voyant son
pays dévasté, fut obligé d'avoir recours
aux Russes et de leur demander du secours. Il se soumit avec son pays à la
souveraineté de l'empire de Russie.

(10) L'Araxe des anciens.

(11) Chardin donne la description
d'une fête semblable qui eut lieu de
son temps à Teflis. Cette fête fut donnée
par le prince à l'occasion de la noce
de sa nièce.

« Le festin de la noce, dit Chardin, se
fit sur une terrasse du palais, entourée
d'estrades élevées de deux pieds, et
profondes de six. La terrasse étoit couverte d'un grand pavillon, dressé sur
cinq colonnes de vingt-deux pieds de
haut, et de cinq pouces de diamètre

environ. La doublure étoit faite de
brocard d'or et d'argent, de velours
et de toile peinte, si adroitement et si
proprement mêlées, qu'aux flambeaux
cela paroissoit un lambris de fleurs et
de moresques. Au milieu de cette espèce de salon étoit un grand bassin
d'eau. Il n'y faisoit point froid pourtant, car la nombreuse assemblée, et
de grands brâsiers allumés, l'échauf-
foient si fort, que la chaleur commençoit à incommoder lorsque j'en sortis.
Le plancher étoit couvert de beaux
tapis, et tout le lieu éclairé de quarante grands flambeaux. Les quatre qui
étoient proche du prince étoient d'or.
Les autres étoient d'argent. Ces flambeaux pèsent ordinairement quarante
livres la pièce. Le pied a quelque quinze
pouces de diamètre. La branche, haute
d'un pied et demi, porte un godet rem-

pli de suif pur, qui entretient la lumière à deux mèches. Ces sortes de
flambeaux rendent beaucoup de clarté.

Les conviés étoient rangés sur les
estrades. Le prince étoit au fond sur
une estrade plus élevée que les autres,
et couverte d'un dais fait en dôme.
Son fils et ses frères étoient à sa droite,
les évêques à sa gauche. Le marié étoit
entr'eux. Le prince me fit asseoir avec
les capucins immédiatement après les
évêques. Il y avoit plus de cent personnes à ce festin. Les joueurs d'ins-
trument étoient au bas. Un peu après
que nous fûmes placés, le marié entra
mené par le Catholicos. Anssitôt qu'il
eut pris sa place, les parens du prince
lui vinrent faire un compliment et un
présent. La plupart des conviés firent
la même chose, chacun à son rang.
C'étoit une espèce de procession. Cela

dura une demi-heure. Les présens qu'on
lui faisoit étoient en monnoie d'or et
d'argent, et en petites tasses d'argent.
Je voulus savoir au juste à combien
montoient les présens qu'on lui fit ;
mais selon que j'en pus juger, c'étoit
peu de chose, et ils ne montoient pas
à plus de deux cents écus.

Cependant on servit le souper en
cette manière : premièrement, on
étendit des nappes devant tous les conviés, et en trois endroits dans le pla-
citre ; ces nappes étoient de la largeur
des estrades. Ensuite on apporta le
pain ; il y en avoit de trois sortes, de
mince comme du papier, d'épais d'un
doigt, et de petit sucré. Les viandes
étoient en de grands bassins d'argent
couverts. L'on n'en fait point de si
grands en Europe. Le plat et le cou-
vercle pèsent ordinairement cinquante

ou soixante marcs. Ceux qui apportoient les plats dans la salle , les ran-
geoient sur une nappe à l'entrée, d'autres officiers les portoient devant les
écuyers tranchans, qui en remplis-
soient des assiettes creuses, qu'ils faisoient présenter aux conviés. On en
portoit aux princes , puis aux autres
en leur rang. On servoit premièrement
une même viande à tout le monde,
puis une autre et ainsi de suite. Le
festin fut de trois services , chacun
d'environ soixante de ces grands plats
bassins. Le premier étoit de toute sorte
de pilo ; c'est du riz cuit avec de la
viande. On en fait de plusieurs cou-
leurs et de plusieurs goûts. Le jaune
est cuit avec du sucre , de la canelle
et du safran. Le rouge est cuit avec du
jus de grenade. Le blanc est le plus
naturel et le meilleur. Ce pilo est un

fort bon manger, fort délicat et fort
sain.

Le second service étoit de pâtés,
d'étuvées, de fricassées douces et ai-
gres, et de semblables ragoûts. Le troisième étoit de rôti. Tous les trois services étoient mêlés de poisson, d'œufs
et de légumes pour les ecclésiastiques.
L'on nous servit gras et maigre. Au
reste, on servoit et desservoit avec un
ordre et un silence merveilleux. Chacun faisoit son devoir sans parler. Trois
Européens à une table font plus de
bruit que cent cinquante personnes
qui étoient dans la salle de ce festin.

Ce qu'il y avoit de plus admirable,
après ce bel ordre, étoit le buffet. Il
étoit composé d'environ cent vingt
vases à boire, tasses, coupes et cornes,
soixante flacons et douze brocs. Les
brocs étoient presque tous d'argent.

Les flacons étoient d'or lisse ou émaillé.
Les tasses et coupes étoient les unes
d'or lisse, d'autres d'or émaillé, d'autres couvertes de pierreries et d'autres
d'argent. Les cornes étoient garnies
comme les plus riches tasses. Ces cornes
sont de diverses grandeurs. Les plus
ordinaires sont hautes d'environ huit
pouces, et larges de deux en haut,
fort noires et fort poliés. Il y en a
même qui sont de rhinocéros et de
bêtes fauves, au lieu que les com-
munes ne sont que de bœuf et de mou-
ton. L'usage de s'en servir à boire, et
de les enrichir est de tout temps chez
les Orientaux. Je ne sais pas combien
le festin dura ; car je n'attendis point
la fin. Je sais seulement que nous étant
retirés à minuit, l'on n'avoit pas encore levé le rôti. On ne but pas d'abord,
ce ne fut qu'au troisième service qu'on

s'échauffa, et on le fit d'une manière
étonnante. On buvoit les santés en
cette façon. On donnoit aux huit personnes les plus proches du prince,
quatre à droite, quatre à gauche, huit
tasses de même grandeur et de même
façon, pleines de vin. Ils se levoient
et se tenoient debout jusqu'à ce qu'ils
eussent bu. Ceux du côté droit buvoient
les premiers à-la-fois. Ceux du côté
gauche faisoient raison, puis tous huit
se rasseyoient, et l'on portoit les mêmes
huit tasses aux plus proches, et ainsi
de suite jusqu'à ce que la santé eût
fait le tour. Après on en recommen-
çoit une nouvelle avec huit tasses plus
grandes. La coutume du pays est de
boire les santés des grands les dernières avec les plus grandes coupes.
C'est afin d'enivrer plus fortement les
conviés, les engageant, par respect et

par considération, à boire jusqu'à ce
qu'ils soient enivrés. On but de cette
façon pendant les deux dernières heures
que je fus au festin, et à ce que je sus
depuis, jusqu'au lendemain matin. Les
premières tasses ne tenoient pas plus
d'un verre ordinaire. Les dernières
que je vis vider tenoient seulement
trois demi-setiers. Cependant ce n'étoit
là que celles de moyenne grandeur.
Les capucins et moi étions exempts
de boire; et à la vérité, si j'eusse autant bu que mes voisins, je serois mort
sur la place; mais le prince eut assez
de considération pour commander
qu'on ne nous portât point de santés.
Il y avoit du vin, de l'eau et une tasse
d'or devant nous. On nous donnoit à
boire seulement quand nous en deman-
dions. Lorsqu'on commença les santés,
les instrumens commencèrent de sou-

ner; ils étoient mêlés de voix. Le concert en plaisoit beaucoup à l'assemblée;
elle en paroissoit ravie : pour moi, je
n'y trouvois rien d'agréable, il me
sembloit, au contraire, rude et mal
concerté. Le prince, qui s'en diver-
tissoit f rt, et en qui la gaieté opéroit,
fit dire au préfet de faire apporter son
épinette. Lui et son compagnon peu-
sèrent enrager de la fantaisie du prince.
Ma présence étoit la principale cause
de leur déplaisir, parce qu'ils appré-
hendoient que je ne fisse une relation
désavantageuse pour eux de la lâche
complaisance qu'ils avoient témoignée
en cette rencontre, et qu'un préfet des
missions se fût prostitué jusqu'à faire
le métier d'un violon devant un prince
mahométan, dans une assemblée d'infidèles et d'hérétiques, de clercs et de
séculiers, qu'on pouvoit appeler, en

l'état où le vin les avoit mis, une
troupe d'ivrognes. Quand l'épinette
eut été apportée, on la posa sur un
carreau, au milieu de la salle; le préfet fut obligé d'en jouer; et le prince
lui ayant fait dire de chanter et de jouer
tout ensemble, il se mit à chanter le
Magnificat et le *Te Deum*, le *Tam-
tum ergo*, et puis des chansons et des
airs de cour, en italien et en espagnol,
parce que l'air des hymnes ne réjouissoit pas assez le prince. L'épinette étoit
fort mal accordée; le préfet en jouoit
par dépit, et étant tout blanc et tout
cassé d'âge et de fatigue, on peut juger
que son concert étoit un fort méchant
divertissement. Il fit pourtant celui du
prince pendant deux heures. »

(12) Fekkredin, vulgairement appelé l'acardin, né en 1584, a été le

plus brave et le plus célèbre des princes
druses. Avant qu'Ebn Mann, son père,
prit les rênes du gouvernement, et
même durant son règne, les Druses,
tant par l'effet des dissensions intestines
que de la politique des Turcs, étoient
divisés en deux factions sans cesse aux
prises ; celle des Jamanis ou du drapeau rouge qui comptoient trois émirs,
et celle des Casi ou du drapeau blanc,
ou de la tribu de Mann, dont étoit le
grand-émir qui résidoit à Dair el Camar. Ebn Mann, après des guerres qui
durèrent plusieurs années, fut empoi-
sonné. Setnesey, son épouse, femme
belle, spirituelle, prudente, et douée
même du talent de la poésie, avoit tellement gagné l'affection des chefs du
peuple, qu'elle fut unanimement choi-
sie pour succéder à Ebn Mann. Malgré
cette preuve éclatante d'attachement,

elle fit élever en secret, de crainte des
émirs voisins, ses deux fils encore jeu-
nes. Les Jamanis, ses ennemis, per-
suadés qu'Ebn Mann étoit mort sans
héritier, s'emparèrent de plusieurs parties de ses possessions. Setnesey se sentant encore trop foible pour s'opposer
à cet envahissement, en resta spec-
tatrice tranquille à Dair el Camar. Mais
son fils Fekkredin, parvenu à l'âge
d'homme, annonça un caractère brave
et hardi. Il se mit à la tête des Druses
restés fidèles à la maison de Mann.
Junes, son jeune frère, servit sous ses
drapeaux, les guerriers les plus expé-
rimentés guidèrent son entreprise. En
peu d'années il reconquit les anciennes
possessions de son père, et se vit chef
de tout le pays des Druses depuis le
Liban jusqu'au Jourdain. Il rangea

7.

même sous sa domination la Palestine
et une partie de la Syrie.

    Voy. Mariti, hist. de Fekkredin.

          Worbs, hist. des Druses, (en
         allemand).

         Volney, vol. I p. 433.

         La Terre Sainte, etc. par Eu-
        gène Roger. Paris, 1646, 4•.

    (13) Vallée où est situé Zahlé. —
Volney, t. II, p. 81.

    (14) Le sacerdoce des Perses a trois
degrés : Herbed, le serviteur de la religion ou le simple prêtre ; Mobed
Destour, le docteur de la loi ; Destou-
ran Destour, le chef suprême de tous
les degrés et de toutes les classes. Il
perçoit la dîme de tous les revenus.
Les Mobeds peuvent être commandans
des villes, et même porter les armes ;

mais il leur est interdit d'exercer l'agriculture ou un métier. *Voy.* le Zend Avesta.

(15) Benarès, ville appelée Cashi par les Hindous, pour qui elle est un lieu sacré. Elle est consacrée à Mahaveda que l'on y honore sous le symbole du Lingam. Un ouvrage en langue samskrite, intitulé *Cashikhanda*, traite de l'histoire et des particularités remarquables de cet endroit fameux. Les Hindous viennent en foule en pélerinage à Benarès.

Outre le magnifique temple du soleil où le Lingam est adoré, comme le symbole de cet astre, il y a dans cette ville un observatoire célèbre et une académie où l'on enseigne toutes les connoissances humaines. On y cultive depuis très-long-temps les hautes sciences et l'histoire naturelle.

On voit dans le Voyage de Chardin
et dans celui du P. Paulin de Saint-
Barthélemy, que les Persans et les
Indiens montrent beaucoup de dispo-
sitions pour l'étude de la médecine,
et connoissent bien la préparation des
herbes salutaires, et la guérison des
maladies locales.

Fr. Gruner donne, dans son *Indi-
cateur Littéraire moderne*, des notices
sur une Société de chimie qui a existé
en Egypte dès les temps les plus anciens, qui ensuite par les soins d'Os-
tanas, s'est unie à une société semblable en Perse, s'est répandue partout,
et durant le moyen âge s'est maintenue
dans les couvens.

Feuille du Matin, 1808, n° 42, (en
allemand).

(16) *Voyez* Voyage du P. Paulin de
St.-Barthelemy.

(17) *Voyez* l'Ambassade de Turner au Tibet, et plusieurs Mémoires dans les Asiatick researches.

Bouda, non pas le dieu de ce nom, mais le réformateur de sa religion qui ne parut que long-temps après, étoit né non au Tibet, mais dans une contrée plus méridionale, peut-être en Chine ; et, selon quelques traditions, dans le Dwab entre la Yumna et le Gange ; en effet, il est adoré en Chine sous le nom de Fo. Mais sa doctrine, dit Turner, fut portée de bonne heure au Tibet, par ses disciples, et de là en Tartarie, d'où elle se répandit à la Chine et au Japon. Quoique cette religion, continue Turner, diffère en plusieurs points de dogme, et par sa forme extérieure, de celle de l'Indoustan, elle s'accorde pourtant en bien des articles avec celle de Brama. La

principale idole des temples tibétains,
est Mahamouni, le Bouda du Ben-
gale. Dans chaque pays où sa religion
domine, il est adoré sous des noms
différens ; ceux de Schaka-Godama ou
Somono-Kodam, Mahamuni, Schak-
tscha-Touba, Sangal-Mouni, Schigi-
muni, Schekia, Fo, ne désignent que
Bouda. Enfin, dans le Tibet, dans
l'Indoustan, et dans la plus grande
partie de l'Asie méridionale, les mêmes
lieux, tels que Proag, Benarès ou
Cashi, Durgeedin, Sangor et Jagernat,
et les mêmes fleuves, tels que le Gange,
l'Indus, le Bourhampouter, etc. sont
réputés sacrés. On peut, pour connoître l'esprit mélancolique de cette
religion absurde, et qui pourtant s'est
répandue si loin, consulter les excel-
lentes remarques de Herder qui se
trouvent dans ses Idées pour servir à

l'histoire de l'homme, troisième partie, article Tibet. (Ouvrage classique de la littérature allemande qui mériteroit d'être traduit en françois).

(18) On doit d'excellens documens sur Nadir Schah à Abdoul Kerym, né dans le Cachemire, médecin et favori de ce prince. On les trouve dans la relation de son voyage, traduite par M. Langlès. Paris, 1797. — Elle fait partie de la Collection portative de voyages de ce savant.

(19) L'ancienne Bactra. Hanway, voyageur anglois, qui a publié sa relation vers le milieu du 18ᵉ siècle, parle de l'état où se trouve aujourd'hui Balk et le pays d'alentour.

Voyez aussi Relation d'un voyage dans différentes provinces de l'empire.

de Russie, par Rytschkow (en allemand).

(20) Ceux qui ne voudroient pas
lire le Zend-Avesta même et les Com-
mentaires détaillés d'Anquetil Duperron et de Kleuker sur la religion des
Mages, trouveront tout ce qu'il est
nécessaire de savoir sur ce sujet, dans
le Zend-Avesta abrégé, ou la loi de lumière d'Oromaze, avec des remarques
et des éclaircissemens par Kleuker.
Riga, chez Hartknoch. 1789 (allem.).

Quant à la religion et à la cosmogonie des Hindous, il faut consulter
surtout l'ouvrage suivant : *Oupnek-hat*
(*id est secretum tegendum*) *sivé
Theologia et Philosophia indica, stu-
dio et operà* Anquetil Duperron. Ar-
gentorati, 2 vol. 4°. ; ainsi que le
Recueil d'écrits asiatiques originaux.

Zurich, 1791 (allemand), et plusieurs
écrits originaux, traduits dans le Ma-
gasin asiatique (allemand). Enfin,
Exposition de la cosmogonie des Bra-
mes et des Hindous, d'après l'ouvrage
latin du P. Paulin de St.-Barthelemy,
avec 30 planches. Gotha, 1797.

(21) Pour les villes de Yezd, Schiras,
et la province d'Irak en général, on
peut avoir recours aux Voyages de
Tavernier, de Chardin, d'Otter, de
Pietro della Valle et surtout de Frank-
lin, intitulé : *Franklins observations
on a tour frow Bengal to Persia, in
the years* 1786 — 1787, traduit par
M. Langlès, dans sa Collection portative de Voyages.

(22) Il existe encore aujourd'hui
beaucoup de Parsis à Kerman où ils

exercent librement le culte d'Oromaze.
Le pays d'alentour consiste principa-
lement en collines et en montagnes
nues , ainsi qu'en déserts arides.

(23) Les voyages de Chardin et de
Niebuhr contiennent des détails pré-
cieux sur Persépolis ou Tchelminar.
Les ouvrages d'érudition qui suivent
et qui sont tous en allemand, offrent
aussi beaucoup de particularités cu-
rieuses et instructives sur cette ancienne capitale des Perses. — Idées
sur les relations politiques et commer-
ciales des anciens peuples. 2ᵉ Partie,
Asie. — Lettres persépolitaines , par
Herder.

Les travaux du docteur Munter et
de MM. Grotefend et Lichtenstein,
pour déchiffrer l'écriture cunéiforme,
font espérer que les inscriptions éni-

gmatiques de l'ancien monde, seront
enfin expliquées, et qu'alors nous con-
noîtrons la destination de cet antique
monument.

(24) La fête du nouvel an qui commence avec le jour d'Oromaze dans
le mois Farvardin, et dure six jours.
Voici la description qu'on en trouve
dans le Voyage de Chardin, édition
de M. Langlès, vol. II, pag. 249.

Les Persans ont un grand nombre
de fêtes, tant religieuses que civiles,
c'est-à-dire de ces jours consacrés soit
à la commémoration des mystères et
des événemens principaux de la religion, soit à la mémoire des révolutions importantes. Cependant ils ne
gardent et ne célèbrent solennellement
que trois fêtes religieuses : savoir, le
lendemain de leur carême, qui leur

est comme le jour de Pâques aux chrétiens, le sacrifice d'Abraham, et le martyre des fils d'Aly ; et qu'une fête civile, qui est la solennité du nouvel an. Mais on peut dire que n'en gardant qu'une de cette sorte, ils la célèbrent fort solennellement. Elle dure trois jours, et en quelque lieu, comme à la cour, jusqu'à huit, commençant au point que le soleil entre dans le signe du Bélier. On appelle cette fête Naurus Sultanié, c'est-à-dire le nouvel an royal ou impérial, pour le distinguer du vrai nouvel an, selon l'époque présente de la Perse....

Les Persans font Gemehid (Djemchid) quatrième roi de Perse, le premier instituteur de la fête du nouvel an ; sur quoi il faut observer que les anciens Perses faisoient fort solennellement les fêtes des solstices et des

équinoxes, mais particulièrement celle
de l'équinoxe vernal, parce que c'est le
retour du beau temps. La fête duroit
huit jours; le premier jour, le roi re-
cevoit les vœux de la foule du peuple;
il donnoit le second aux savans, et
particulièrement aux astronomes ; le
troisième aux prêtres, le quatrième aux
magistrats, le cinquième aux grands
du royaume, le sixième à ses parens,
et les deux autres à ses femmes et à
ses enfans. On continua en Perse de
solenniser ainsi cette fête jusqu'à l'in-
vasion du royaume par les Mahométans, qui ayant apporté, avec une
nouvelle religion, une nouvelle époque
dans laquelle le premier jour de l'an
ne tomboit plus à l'équinoxe du printemps, mais au premier jour du mois
lunaire, appelé Maharran, l'ancienne
coutume de solenniser le premier jour

de l'an, diminua d'année en année, et
vint enfin à se passer. On ne vouloit
pas garder le nouvel an solaire, par
opposition au peuple du pays qui,
persistant dans son ancienne religion
ignicole, faisoit une fête religieuse du
premier jour de l'an, en le consacrant
au samedi ; ce qui paroissoit une idolâtrie aux Mahométans, qui abhor-
roient toute sorte de réjouissance publique ce jour là ; et quant au premier
jour de l'an lunaire, on n'en pouvoit
pas faire un jour de réjouissance, parce
qu'en Perse, les dix premiers jours du
mois de Maharran, le premier mois
de l'année mahométane, sont des jours
de deuil public consacré à célébrer le
martyre des fils d'Aly. Cela dura de la
sorte jusqu'à l'an 475, auquel le roi Je-
laleddin étant venu à la couronne, le
jour de l'équinoxe vernal, les astro-

nomes du pays en prirent l'occasion
de lui représenter que c'étoit un coup
de la providence que son avénement
à l'empire fût arrivé au premier jour
de l'an, selon l'époque ancienne, afin
de lui faire rétablir la coutume du
pays, de temps immémorial, de célébrer le commencement de l'année par
une fête; que cette fête ne pouvant
être fixée au premier jour de l'an mahométan, parce que ce jour étoit un
jour de deuil, et qu'il seroit d'un méchant augure de commencer l'année
par la solennité d'un martyre; il s'en-
suivoit qu'il la falloit fixer au premier
jour de l'an solaire, qui tomboit toujours au printemps, le plus beau temps
de l'année, et le renouvellement de
toutes choses; au lieu que le premier
jour de l'année mahométane tomboit
successivement en toutes les saisons,

parce qu'elle est lunaire. Les astronomes ajoutèrent que, s'il rétablissoit
cette fête du nouvel an solaire, il s'y
trouveroit quelque chose de particulier; c'est que, selon une ancienne
coutume des Perses, qui comptoient
les années par le règne de leurs rois,
le premier jour de l'année solaire se
trouveroit être le commencement de
son règne. Ce prince trouva la pro-
position à son gré, et rétablit l'ancienne fête du nouvel an royal, qu'on
a solennisée depuis avec beaucoup de
pompe et d'acclamations.

On l'annonce au peuple par des
décharges d'artillerie et de mousque-
terie dans les lieux où il y en a,
comme dans la capitale et les autres
grandes villes. Les astrologues, ma-
gnifiquement vêtus, se rendent au
palais royal ou chez le gouverneur du

lieu, une heure ou deux heures devant
l'équinoxe, pour en observer le moment ; ce qu'ils font avec l'astrolabe
sur quelque terrasse ou plate-forme ;
et à l'instant qu'ils en donnent le si-
gnal, on fait les décharges, et les
instrumens de musique, les timbales,
les cors et les trompettes font retentir
l'air de leurs sons. Ce ne sont que
chants et qu'allégresse chez tous les
grands et riches du royaume. A Ispahan on sonne des instrumens, tous
les jours de la fête, devant la porte
du roi, avec des danses, des feux et
des comédies, comme à une foire, et
chacun passe la huitaine dans une joie
qui ne se peut représenter. Les Persans, entr'autres noms qu'ils donnent
à cette fête, l'appellent *la fête des
habits neufs*, parce qu'il n'y a homme
si pauvre et si misérable qui n'en mette

II. 8

un, et. ceux qui ont le moyen, en mettent tous les jours de la fête. C'est le vrai temps de voir la cour, car elle est plus pompeuse et magnifique qu'en aucun autre temps, chacun se parant à l'envi de tout ce qu'il a de plus beau et de plus riche. La promenade se fait, chaque jour de la huitaine, en lieux différens, hors de la ville, où le concours est tout-à-fait grand. Chacun s'envoie des présens, et dès la veille on s'entrenvoie des œufs peints et dorés. Il y a de ces œufs qui coûtent jusqu'à trois ducats d'or la pièce. Le roi en donne comme cela quelque cinq cents dans son sérail, dans de beaux bassins, aux principales dames. J'en ai rapporté quelques-uns de cette sorte. L'œuf est couvert d'or, avec quatre petites figures ou miniatures fort fines aux côtés. On dit que de tous temps

les Persans se sont donnés des œufs
comme cela au nouvel an, parce que
l'œuf marque l'origine et le commencement des choses. On ne peut croire
la quantité qui s'en débite à cette fête.
Après le moment de l'équinoxe passé,
les grands vont souhaiter la bonne fête
au roi, leur *tagé* ou bonnet royal en
tête, chargé de pierreries, dans l'équi-
page le plus leste qu'ils se peuvent
mettre, et chacun lui fait son présent,
consistant en bijoux et en pierreries,
ou en étoffes, ou en parfums, ou en
des raretés, ou en chevaux, ou en
argent, chacun selon son emploi et
selon ses biens. La plupart donnent
de l'or, s'excusant sur ce qu'on ne
trouve plus rien dans le monde qui
soit assez beau pour entrer dans la
garde-robe de S. M. On lui donne ordinairement depuis cinq cents ducats

jusqu'à quatre mille. Les grands qui
sont en emploi dans les provinces,
font aussi faire leurs complimens et
leurs présens. Nul ne s'en exempte,
et c'est à qui passera les autres, et soi-
même, à l'égard de ce qu'il a fait les
années précédentes ; de manière que
le roi reçoit·de grandes richesses en
cette fête, dont ensuite il dépense une
partie dans le sérail à donner des
étrennes à tout ce grand monde qui
le compose. Le roi traite magnifique-
ment les grands-seigneurs , tous les
jours de la fête , depuis dix heures
jusqu'à une heure qu'il rentre dans le
sérail, et les grands font la même
chose, chacun chez soi, où ils passent
le reste du jour à recevoir les visites
et aussi les présens de ceux qui sont
sous leur dépendance ; car c'est là l'in-
variable coutume de l'Orient, l'infé-

rieur donnant au supérieur, et le pauvre donnant au riche, depuis le laboureur jusqu'au roi.

« Les gens dévots passent, s'ils peuvent, tout le premier jour de la fête en dévotion dans leur logis. Ils se purifient au point du jour, en se lavant tout le corps dans l'eau, puis ils se vêtent d'habits bien nets, s'abstiennent de femmes, font leurs prières ordinaires et les extraordinaires du jour, lisent l'Alcoran et leurs bons livres ; tout cela à dessein de se procurer, par cette dévotion, une heureuse année.

« D'autres gens qui sont adorateurs du siècle, font toute autre chose, car ils étalent leurs richesses et leurs biens, et se mettent au milieu, passant le jour à les compter et à les admirer, à se réjouir et à prendre toutes sortes de plaisirs, dans la pensée que c'est un

bon augure pour une douce et abon-
dante année ».

Au morceau de Chardin, nous ajou-
tons ce que M. Langlès dit dans ses
notes, vol. 11, pag. 254. « Le soir
qui précédoit le Naoûroûz, un jeune
homme d'une charmante figure repré-
sentant la nouvelle année, se tenoit à
la porte de la chambre à coucher du
roi, où il entroit sans cérémonie, à
l'instant où le soleil se levoit sur l'ho-
rizon. Qui es-tu? lui demandoit aussitôt le roi. D'où viens-tu? Où vas-tu?
Quel est ton nom? Pourquoi es-tu
venu vers moi? Qu'apportes-tu? Je suis
l'heureux, le béni, lui répondoit alors
le jeune homme; c'est Dieu qui m'a
envoyé ici, et j'apporte avec moi la
nouvelle année. Ensuite, il se retiroit
pour faire place à un autre qui se pré-
sentoit avec un grand plat d'argent,

contenant du froment, de l'orge, du
fenu-grec, des pois, du sesame et du
riz, (sept épis et neuf grains de chaque
espèce), un morceau de sucre et deux
pièces d'or nouvellement frappées, et
qui déposoit le tout en offrandes aux
pieds du roi. Le premier ministre entroit ensuite, accompagné du général
en chef des armées, du grand trésorier et de l'intendant de la guerre.
Ensuite étoient admis les nobles et le
peuple, chacun selon sa dignité et sa
classe respective. Peu de temps après
on servoit au roi un pain composé des
grains dont on vient de parler; il y
touchoit à peine, et distribuoit le reste
à ceux qui l'environnoient, en disant:
C'est aujourd'hui le nouveau jour du
nouveau mois de la nouvelle année du
nouveau temps où il est à propos de
renouveler tout ce que produit le

temps. Donnant après cela des robes d'honneur aux grands de sa cour, il leur distribuoit les présens qu'il avoit reçus ».

(25) Escander, Eskender, Roumi, Ben Filippo (fils de Philippe), Zoul' kárnaïn (aux deux cornes), sont les noms que les Orientaux donnent à Alexandre-le-Grand. *Voyez* Bibliothèque orientale par Herbelot, article Escander; le Coran, chap. 18, vers. 85. Abulfarag. Hist. dynast. VI, p. 62, etc. de Pockock.

(26) *Voy.* Strabon, p. 1062. Heeren, idées sur la politique, les rapports et le commerce des principaux peuples de l'antiquité, vol. I, pag. 269 de la 2e édition, non traduite en françois. C'est Darius Hystaspes qui se fit poser cette épitaphe.

(27) Les caravanes marchent quelquefois trois et même six et neuf jours
entre Bassora et Alep sans rencontrer
aucune source, ou seulement assez
d'eau pour abreuver les chameaux.
Voy. Voyage de Tavernier, t. I. Iti-
néraire de l'Arabie déserte, ou Lettres
sur un Voyage de Bassora à Alep par
le grand et le petit désert, fait en
1750, par MM. Plaisted et Elliot,
trad. de l'anglois. Paris, 1759, in-12.

(28) Niebuhr et Pietro della Valle
parlent des ruines de l'ancienne Babylone, que l'on voit encore aujourd'hui
sur les deux rives de l'Euphrate auprès
des villages de Hellé et de Babil.
Voy. aussi Voyage de Sestini, p. 236;
Voyage d'Olivier, Tom. II, p. 436.

(29) *Voyez* Ruins of Palmyra by
8*

Wood. — Ruins of Balbek by the same. — Voyage en Syrie et en Egypte, par Volney. — Voyage Pittoresque en Syrie, etc. par Cassas.

(30) Voici en quoi consiste la cérémonie du Sag-did, mots qui dans la langue Zend signifient: le chien voit. A l'instant où quelqu'un expire, on tient un chien devant lui, et on lui fait donner du côté où se trouve le mourant un morceau de pain, afin que l'animal dirige les yeux sur lui. *Voyez* Zend-Avesta, abrégé par Kleuker, t. III, p. 180 (allem.).

(31) *Voyez* Voyages de M. Shaw dans plusieurs provinces de la Barbarie et du Levant, trad. de l'anglois. Lahaye, 1743, 2 vol. in-4°.; Voyage de Volney. Pour le Sennaar, la Nubie

et l'Abyssinie, voy. Voyage de Bruce
en Nubie et en Abyssinie. —Voyage
de Norden.—Ludolfi, Hist. Æthiopica.
Histoire du Christianisme d'Éthiopie
et d'Arménie, par la Croze.—Histo re
littéraire des Langues orientales, par
Wahl (allem.).

Il est question des Suppases appelés
aussi Iraniens, Jezdiens, Abadiens
et Huschiens, ainsi que de leurs opinions et de leurs cérémonies religieuses, dans un ouvrage de Moha-
med Fany, intitulé : *Dabistan* ou
l'École des mœurs, et connu par le
Mémoire de sir William Jones sur les
Perses, inséré dans le t. II des Recherches asiatiques. Il a été traduit en
allemand par l'auteur de Mehaled et
Sedli.

(32) Volney, t. I, p. 52, appelle ce

vent *Kamsin*. On lit avec intérêt la
description qu'il en donne. — *Voyez*
Voyage de Sestini, p. 175, qui le dé-
signe par le nom de *Sem-Yeli*. Ce
mot est composé de *sam*, poison, en
arabe, et *yel*, vent en turc. Les Arabes
le nomment *semum*, poison, et *kham-
sin*, cinquante, parce qu'il dure cinquante jours. *Voy.* Relation de Dou-
vry Effendi, et extrait du Voyage de
Petits de la Croix, p. 103, note de
M. Langlès. Olivier distingue le kham-
sin, qu'il appelle khramsi, du Samiel.
— Voyage dans l'empire Ottoman,
l'Egypte et la Perse, t. III, p. 136.

(33) « Maintenant donc craignez
l'Éternel et servez-le en intégrité et en
vérité; et quittez les Dieux que vos
pères ont servis au-delà du fleuve, c'est-
à-dire au-delà de l'Euphrate en Méso-

potamie et en Égypte, et servez l'Éternel. » (Josué XXIV, 14).

CATÉCHISME DES DRUSES.

Demande. Vous êtes Druse?

Réponse. Oui, par le secours de
notre maître tout-puissant.

D. Qu'est-ce qu'un Druse?

R. Celui qui a écrit la loi et adoré
le Créateur.

D. Qu'est-ce que le Créateur vous
a ordonné?

R. La véracité, l'observation de
son culte et celle des sept conditions.

D. Quels sont les devoirs difficiles
dont votre Seigneur vous a dispensé et
qu'il a abrogés, et comment savez-
vous que vous êtes un vrai Druse?

R. En m'abstenant de ce qui est illicite , et faisant ce qui est licite.

D. Qu'est-ce que c'est que le licite
et l'illicite ?

R. Le licite est ce qui appartient
au sacerdoce et à l'agriculture ; et l'illicite , aux places temporelles et aux
renégats.

D. Quand et comment a paru notre Seigneur tout-puissant ?

R. L'an 400 de l'hégire de Mahomet. Il se dit de la race de Mahomet
pour cacher sa divinité.

D. Et pourquoi vouloit-il cacher
sa divinité ?

R. Parce que son culte étoit né-
gligé , et que ceux qui l'adoroient
étoient en petit nombre.

D. Quand a-t-il paru en manifes-
tant sa divinité ?

R. L'an 408.

D. Combien demeura-t-il ainsi ?

R. L'an 408 en entier ; puis il disparut dans l'année 409, parce que
c'étoit une année funeste. Ensuite il
reparut au commencement de 410, et
il demeura toute l'année 411 ; et enfin, au commencement de 412, il se
déroba aux yeux, et ne reviendra plus
qu'au jour du jugement.

D. Qu'est-ce que le jour du jugement ?

R. C'est le jour où le Créateur pa-
roîtra avec une figure humaine et ré-
gnera sur l'univers avec la force et
l'épée.

D. Quand cela arrivera-t-il ?

R. C'est une chose qui n'est pas
connue ; mais des signes l'annonce-
ront.

D. Quels seront ces signes ?

R. Quand on verra les rois changer

et les chrétiens avoir l'avantage sur les Musulmans.

D. Dans quel mois cela aura-t-il lieu ?

R. Dans la lune de Dgemaz ou celle de Radjab, selon les supputations des calculateurs de l'hégire.

D. Comment Dieu gouvernera-t-il les peuples et les rois ?

R. Il se manifestera par la force et l'épée et leur ôtera la vie à tous.

D. Et après leur mort, qu'arrivera-t-il ?

R. Ils renaîtront au commandement du Tout-puissant, qui leur ordonnera ce qu'il lui plaira.

D. Comment les traitera-t-il ?

R. Ils seront divisés en quatre parties ; savoir : les chrétiens, les juifs, les renégats et les vrais adorateurs de Dieu.

D. Et comment chacune de ces
sectes se divisera-t-elle?

R. Les chrétiens donneront naissance aux sectes de Nessaïrié et de
Metaoullé; des Juifs sortiront les
Turcs. Quand aux renégats, ce sont
ceux qui ont abandonné la foi de notre Dieu.

D. Quel traitement Dieu fera-t-il
aux adorateurs de son unité ?

R. Il leur donnera l'empire, la
royauté, la souveraineté, les biens,
l'or, l'argent; et ils demeureront dans
le monde, princes, pachas et sultans.

D. Et les renégats ?

R. Leur punition sera affreuse. Elle
consistera en ce que leurs alimens,
quand ils voudront boire et manger,
deviendront amers. De plus, ils seront réduits en esclavage et soumis
aux plus rudes fatigues chez les vrais

adorateurs de Dieu. Dieu leur mettra
sur la tête un bonnet de peau de cochon
d'un pik de long, et leur passera dans
l'oreille un anneau de verre noir qui,
dans l'été, les brûlera comme du feu,
et dans l'hiver, les gelera comme la
neige. Les Juifs et les Chrétiens souf-
friront les mêmes tourmens, mais
beaucoup plus légers.

D. Combien de fois Notre Seigneur
a-t-il paru sous la forme humaine?

R. Dix fois, qu'on nomme *stations*,
et les noms qu'il y porta successivement sont : El Ali, el Bar, Alia, el
Maalla, el Kàïem, el Maas, el Aziz,
Abazakaria, el Manssour, el Hakem.

D. Où eut lieu la première station,
celle de el Ali?

R. Dans une ville de l'Inde appelée *Rchine ma-Tchine.*

D. Et celle de el Bar , où eut-elle lieu ?

R. En Perse, dans la ville d'Ispahan , et c'est pour cela que les Persans disent *Bar-rhada.*

Alia parut dans l'Yémen , el Maallaa à Tunis , sous la figure d'un conducteur de chameaux. El Kâiem parut dans une ville du royaume de Tunis , appelée *el Mahdié* ; de là il vint au Caire , où il manifesta sa divinité ; et bâtit le port nommé *Rosette.* Abazakaria et el Manssour parurent à *el Menaour* , el Manssour se nommoit *Esmail.*

D. Combien de fois Hamzé a-t-il apparu, et comment s'est-il nommé à chaque apparition ?

R. Il a apparu sept fois dans les siècles écoulés depuis Adam jusqu'au prophète *Samed.* Dans le siècle d'A-

dam, il se nommoit Châtt-nil ; dans
celui de Noé, il s'appeloit Pythagore ;
David fut le nom qu'il porta au temps
d'Abraham ; du temps de Moïse, il se
nomma Chaïb, et de celui de Jésus,
il s'appeloit le Messie véritable et
aussi Laazar ; du temps de Mahomet,
son nom étoit Sabman el Fardi, et du
temps de Sayd, son nom étoit Salehh.

D. Apprenez-moi l'étymologie du
nom Druze ?

R. Ce nom est tiré de notre obéissance pour le Hakem par l'ordre de
Dieu, lequel Hakem est notre maître
Mahomet, fils d'Ismaël, qui se manifesta lui-même par lui-même à lui-
même ; et lorsqu'il se fut manifesté ,
les Druzes, en suivant ses ordres, *en-
trèrent* dans sa loi, ce qui les fit appeler Druzes : car le mot arabe *enderaz*,
ienderaz, *darezane*, ou *endaradj* ,

iendaradj, *daredjane* est la même
chose que *darhah*, *iedrhal*, *darha-
lane*, qui signifie *entrer*. Cela veut donc
dire que le Druze a écrit la loi, s'en
est pénétré et est *entré* sous l'obéissance du Hakem. On peut aussi trouver une autre étymologie en écrivant
Druze pour une *s*; alors il vient de
daras, *iedros*, *étudier*, ce qui signifie que le Druse a *étudié* les livres de
Hamzé, et adoré le Tout-puissant,
comme il convient.

D. Que signifie parmi nous le mot
de *iarh*, qui sert de serment aux femmes, et celui de *ouah*, pour les
hommes?

R. Notre intention en cela a été de
supprimer tous les sermens qui contiennent le nom de Dieu, et rien de
plus; en effet, iarh veut dire tantôt
oui, tantôt *non*; le mot de *iarh*
est donc la même chose que *ia arhi*

là ! ia arhi naàm ! C'est-à-dire : *oui,
mon frère ! non , mon frère !* Il en
est de même des mots *aï-ouah , la-
ouah.*

D. Quelle est notre intention en
adorant l'évangile ?

R. Apprenez que nous voulons par
là exalter le nom de celui qui est debout par l'ordre de Dieu, et celui-là
est Hamzé ; car c'est lui qui a proféré
l'évangile. De plus, il convient qu'aux
yeux de chaque nation nous reconnoissions leur croyance. Enfin , nous
adorons l'évangile parce que ce livre
est fondé sur la sagesse divine et qu'il
contient les marques évidentes du vrai
culte.

D. Pourquoi rejetons-nous tout autre livre que le Coran , lorsqu'on nous
questionne sur cet article ?

R. Parce que nous avons besoin de
n'être pas connus pour ce que nous

sommes, nous trouvant au milieu des
sectateurs de l'islamisme. Il est donc à
propos que nous reconnoissions le livre
de Mahomet ; et, afin qu'on ne nous
fasse pas un mauvais parti, nous avons
adopté toutes les cérémonies musul-
manes, et même celle des prières sur
les morts : et tout cela seulement à
l'extérieur, afin d'être ignorés.

D. Que disons-nous de ces martyrs
dont les chrétiens vantent tant l'intré-
pidité et le grand nombre ?

R. Nous disons que Hamzé ne les a
point reconnus, fussent-ils crus et at-
testés par tous les historiens.

D. Mais si les chrétiens viennent à
nous dire que leur foi n'est pas dou-
teuse, parce qu'elle est appuyée sur
des preuves plus fortes et plus immé-
diates que la parole de Hamzé, que
répondons-nous et comment avons-
nous connu l'infaillibillté de Hamzé,

cette colonne de la vérité dont puisse être le salut sur nous ?

R. Par le témoignage que lui-même a rendu de lui-même , lorsqu'il a dit dans l'épître du commandement et de la défense : « Je suis la première des « créatures de Dieu ; je suis sa voie « et son pont, j'ai la science par son « ordre ; je suis la tour et la maison « bâtie ; je suis le maître de la mort « et de la résurrection ; je suis celui « qui sonnera la trompette ; je suis le « chef général du sacerdoce , le maî- « tre de la grace , l'édificateur et le « destructeur des justices ; je suis le « roi du monde , le destructeur des « deux témoignages ; je suis le feu qui « dévore. »

D. En quoi consiste la vraie reli- gion des prêtres druses ?

R. C'est le contrepied de chaque

croyance des autres nations ou tribus ; et tout ce qui est impie chez les autres, nous le croyons, nous, comme il a été dit dans l'épître de la tromperie et de l'avertissement.

D. Mais si un homme venoit à connoître notre saint culte, à le croire et à s'y conformer, seroit-il sauvé ?

R. Jamais : la porte est fermée, l'affaire est finie, la plume est émoussée ; et après sa mort, son ame va rejoindre sa première nation et sa première religion.

D. Quand furent créées toutes les ames ?

R. Elles furent créées après le pontife Hamzé, fils d'Ali. Après lui, Dieu créa de sa lumière tous les esprits qui sont comptés, et qui ne diminueront ni n'augmenteront jusqu'à la fin des siècles.

II. 9

D. Notre auguste religion admet-
elle le salut des femmes ?

R. Sans doute, car notre Seigneur
a écrit un chapitre sur les femmes, et
elles ont obéi sur-le-champ, comme
il en est fait mention dans l'épître de
la loi des femmes, et il en est de
même dans l'épître des filles.

D. Que disons-nous du reste des
nations qui assurent adorer le Seigneur qui a créé le ciel et la terre ?

R. Quand même elles le diroient,
ce seroit une fausseté ; et quand même
elles l'adorcroient réellement, si elles
ne savent pas que le Seigneur est le
Hakem lui-même, leur adoration est
sacrilége.

D. Quels sont ceux des anciens qui
ont prêché la sagesse du Seigneur à
ceux qui ont établi notre croyance ?

R. Il y en a trois dont les noms sont Hamzé, Esmaïl et Beha-Eddine.

D. En combien de parties se divise la science ?

R. En cinq parties ; deux d'en-tr'elles appartiennent à la religion et deux à la nature. La cinquième partie, qui est la plus grande de toutes, ne se divise point. Elle est la science véritable, celle de l'amour de Dieu.

D. En combien de branches chacune de ces parties se subdivise-t-elle?

R. Chacune de ces parties a une multitude de subdivisions. Les quatre premières se divisent chacune en deux branches, qui embrassent par leur réunion la masse des sciences naturelles ; mais quant à la cinquième partie dont nous avons dit qu'elle ne se divise point, c'est la science véri-

table, la connoissance de la religion
des Druses qui est la sagesse de l'esclave de notre Seigneur, lequel esclavage est Hamzé, fils d'Ali.

D. Comment connoissons-nous que
tel homme est notre frère, observa-
teur du vrai culte, si nous le rencon-
trons en chemin ou s'il approche de
nous en passant et se dit Druse?

R. Le voici : après les complimens
d'usage, nous lui disons : « Sème-t-on
« dans votre pays de la graine de my-
« robolan? » S'il répond : oui, on la
sème dans le cœur des croyans; alors
nous l'interrogeons sur notre foi : s'il
répond juste, c'est notre compatriote;
sinon, ce n'est qu'un étranger.

D. Quels sont les pères de notre
religion?

R. Ce sont les prophètes du Hakem, savoir : Hamzé, Esmaïl, Maho-

met et Kalimé, Abou-el-rheir, Beha-
Eddine.

D. Les Druses ignorans ont-ils le
salut ou un emploi auprès de Hakem,
quand ils meurent dans cet état
d'ignorance?

R. Il n'est point de salut pour eux,
et ils seront dans le déshonneur et
l'esclavage chez notre Seigneur jusqu'à l'éternité des éternités.

D. Comment les Nessaïriés se sépa-
rèrent-ils des vrais croyans et quittè-
rent-ils leur culte?

R. Ils se laissèrent entraîner en
cela aux séductions de Nessaïri, qui
prétendit être l'esclave de notre Seigneur, et qui reconnut la divinité de
Ali - Ebn - Abi - Thaleb, base de leur
croyance, et dont la Divinité, dit-il,
avoit paru dans les douze imans habi-
tant la maison, puis disparut après

s'être montrée dans Mahomet el Kàïem, alla se cacher au ciel dont il se vêtit comme d'un voile bleu, puis alla loger dans le soleil.

Et suivant leur religion, lorsqu'un Nessairié purifié par la suite des temps révient dans ce monde, revêtu de la figure humaine, après sa seconde purification, il retourne au ciel, où il redevient étoile dans la place qu'il occupoit auparavant; mais s'il a commis quelque crime contre les ordres du prince des croyans, le Seigneur haut et sublime à jamais, il devient juif, ou musulman, ou chrétien, et il continue ainsi de passer d'un état à un autre jusqu'à ce qu'il soit aussi pur que l'argent dans le creuset; puis il retourne au ciel où il redevient étoile.

Selon la même religion, les impies

qui ont refusé d'adorer Ali-Ebn-Abi-
Taleb, deviennent tous chameaux,
mulets, ânes, chiens, agneaux desti-
nés à être égorgés, et autres animaux
semblables; mais le temps ne me suffit
pas pour développer cette religion
dans tous ses détails, et principale-
ment pour énoncer toutes les différentes transmigrations des ames humaines dans les corps des bêtes. Il
suffit de dire que les Nessaïriés ont
une foule de livres d'hérésie où tout
cela est détaillé.

D. Quel est le centre du cercle ?

R. Hamzé, fils d'Ali.

D. Qu'est-ce que le chemin du paradis ?

R. Hamzé, fils d'Ali, qu'on appelle la colonne de la vérité. Il est
l'iman du temps, l'édificateur du monde, le prédécesseur de toutes les créa-

tures, le prophète et l'élément des élémens.

D. Qu'est-ce que Doumassa ?

R. C'est Adam, le premier; c'est Arhuourh; c'est Hermès; c'est Adris; Jean; Esmaïl, fils de Mahomet-el-Taïmi ; et au siècle de Mahomet, fils d'Abdalla, il s'appeloit Elmokdad.

D. Qu'est-ce que l'antique et l'éternel ?

R. L'antique est Hamzé ; l'éternel est l'ame, sa sœur.

D. Qu'est-ce que les pieds de la sagesse ?

R. Ce sont les trois prédicateurs.

D. Qui sont-ils ?

R. Jean, Marc et Matthieu.

D. Combien de temps ont-ils prêché ?

R. Vingt-un ans; chacun d'eux en prêcha sept.

D. Comment prêchoient-ils ?

R. Ils prêchoient l'arrivée du vrai Messié.

D. Quel est l'envoyé de la puissance ?

R. Mahomet Ebn-Wahab-el-Keraïchi, qui est à la fois la parole et le troisième frère.

D. Comment nos ancêtres saluoient-ils le Hakem quand ils entroient chez lui ?

R. Ils disoient à voix basse : c'est de toi, ô notre maître ! que nous vient le salut, et il retourne sur toi. Ton invitation est la maison du salut, sois béni et exalté, ô Notre-Seigneur sublime qui possède la majesté et la grace !

D. Qu'est-ce que le trésorier ?

R. C'est Beha-Eddine, qu'on appelle

9

el Mektani et aussi Ali , fils de Ma-
homet-el-Semouki.

D. Qu'est-ce que les cinq vierges
prudentes ?

R. Ce sont les limites de l'invitation du monde.

D. Qu'est-ce que les cinq vierges
ignorantes ?

R. Ce sont les limites de la justice.

D. Qu'est-ce que les lettres de la
vérité ?

R. Elles sont au nombre de 164 ,
qui sont les invitateurs , les purs et les
résistans , et ce sont les prophètes qui
appartenoient à Notre - Seigneur le
Hakem.

D. Qu'est-ce que les lettres du mensonge ?

R. Il y en a 26 ; ce sont les signes
du démon , ses enfans et ses femmes ;
et ce sont Mahomet , Ali et ses douze

enfans, devant lesquels les Métaollé se mettent en adoration.

D. Quelles sont les trois limites inimaginables et incompréhensibles , et qui ne seront expliquées qu'au temps de Hamzé, colonne du temps?

R. Ce sont la volonté, l'exécution et la parole ; savoir au temps du Messie , Jean, Marc et Mathieu, qu'on appeloit également El-Makdad, Médaoune-ebn-Jaser, et Akar-el-Akan ; au siècle de Hamzé, Esmaïl, Mahomet-el-Kelmé , et Ali-Beha-Eddine.

D. Comment peut-il se trouver dans l'épître de Rhamar-ebn-Djaïeh-el-Selimani, qu'il est frère de Dieu?

R. Dieu se manifesta à cet homme , et lui dit qu'il étoit né de son père. Rhamar, voyant cela , le crut ; mais ce n'étoit qu'un piége que Dieu lui

avoit tendu pour mieux le tromper
et lui ôter la vie.

D. Que veut dire Dieu montant les
ânes sans selle ?

R. L'âne monté sans selle est l'emblême de la destruction de la justice,
et le koran dit à l'appui de cela que
la plus désagréable des voix c'est celle
de l'âne, et l'on veut désigner par là
les prophètes qui sont venus successivement.

D. Que signifie la laine noire dont
il est dit que Notre-Seigneur s'habille ?

R. Cet habillement lugubre indique la consternation dont fut couvert
notre culte, lorsque Notre-Seigneur
disparut.

D. Qu'est-ce que ces édifices qui
sont en Egypte et qu'on nomme pyramides ?

R. Ces pyramides ont été bâties

par le Tout-puissant, pour atteindre
à un but plein de sagesse qu'il a conçu
dans sa providence.

D. Quel est ce but plein de sagesse ?

R. C'est d'y placer et d'y conserver
jusqu'au jour du jugement où sera sa
seconde venue, les *Hodgets* et les
quittances que sa main divine a prises
de toutes les créatures.

D. Pour quelle raison a-t-il paru à
chaque nouvelle loi ?

R. Pour exalter les adorateurs de
son vrai culte, afin qu'ils s'y affermissent, qu'ils sussent que c'est lui qui
change à sa volonté les justices, et
qu'ils ne crussent pas à d'autres qu'à
lui.

D. Comment les ames retournent-
elles dans leurs corps ?

R. Chaque fois qu'un homme

meurt, il en naît un autre, et c'est
ainsi qu'est le monde.

D. Qu'est-ce que les limites ?

R. Ce sont les cinq visirs.

D. Qu'est-ce que la colonne du
temps ?

R. C'est Hamzé, fils d'Ali.

D. Comment appelle-t-on les Musulmans ?

R. La descente (el-tanzil).

D. Et les chrétiens ?

R. L'explication (el taaouil). Ces
deux dénominations signifient, pour
ceux-ci, qu'ils ont expliqué la parole
de l'évangile ; pour ceux-là, le bruit
répandu que le koran est descendu du
ciel.

D. Que sont les prêtres qui ont
commis un adultère ?

R. S'ils se répentent, ils doivent
faire sept ans pénitence et visiter les

prêtres en pleurant ; s'ils ne se repen-
tent pas, ils meurent hérétiques et
apostats.

D. Comment prouvons-nous que
notre religion est la véritable et que
toutes les autres sont fausses ?

R. Ces paroles tendent à l'hérésie
et à la destruction de la foi. Les vrais
croyans ont stipulé sur leurs ames,
dans les livres de la loi, qu'ils se li-
vrent eux-mêmes, en corps, en ame,
temporellement, spirituellement, eux
et tout ce qui leur appartient, entre
les mains du Hakem sans aucune espèce de restriction ; ils sont ses esclaves dans le sens le plus absolu, et
l'homme qui parle autrement tombe
dans l'apostasie et dans l'athéisme ; en
un mot, les paroles que vous venez
de dire sont hérétiques, ainsi qu'il est
écrit dans l'épître du contentement et

de l'abandon de soi-même à Hamzé, esclave de notre Dieu, et ce que je vous dis est une chose sûre.

D. Que fit Notre-Seigneur avant de disparoître?

R. Il écrivit un registre qu'il attacha à la porte de la mosquée, et qu'il appela pour cette raison *le registre attaché*.

D. Que dit Dieu à Mahomet qui se donnoit pour son fils?

R. Quoique ce fût un mensonge, puisque celui-ci étoit né de l'adultère et fils d'un esclave, Dieu néanmoins disoit en public que Mahomet étoit son fils.

D. Mais que fit ce dernier quand le Hakem disparut?

R. L'imposteur se montra, s'assit sur le trône, et dit: Je suis le fils du Hakem; adorez-moi comme vous avez adoré mon père. Mais Hamzé lui dit : Notre-Seigneur n'engendre ni n'est engendré. De qui suis-je donc fils? s'écria Mahomet. Nous n'en savons rien, répondit-on. Je suis donc le fils de l'adultère, dit Mahomet? C'est toi qui l'as dit, répliqua Hamzé, et tu viens de rendre témoignage sur toi-même.

D. Et qu'est-ce que c'étoit que ce Mahomet, publiquement fils du Hakem?

R. C'étoit Mahomet, fils d'Abdalla.

D. Et comment Dieu souffrit-il cette profanation sans tuer celui-ci?

R. Il vouloit, par un effet de sa divine sagesse, exercer la patience de ses vrais adorateurs, afin de doubler leur récompense. Il vouloit aussi par-là que les hérétiques qui donnoient des compagnons à Dieu, ne s'affermissent pas dans leur croyance et revinssent sur leurs pas.

D. Quelle a pu être la volonté de Dieu en créant les génies et les anges qui sont désignés dans le livre de la sagesse de Hamzé ?

R. Les génies, les esprits et les démons sont comme ceux d'entre les hommes qui n'ont pas obéi à l'invitation de Notre-Seigneur le Hakem. Les diables sont des esprits devant ceux qui ont des corps. Quant aux anges, il faut y avoir une représentation des vrais adorateurs de Dieu, qui ont obéi à l'invitation du Hakem qui est le Seigneur adoré dans toutes les révolutions d'âge.

D. Qu'est-ce que les révolutions d'âge ?

R. Ce sont les justices des prophètes qui ont paru tour-à-tour, et que les gens du siècle où ils vivoient ont déclarés tels, comme Adam, Noé, Abraham,

Moïse, Jésus, Mahomet, Sayd. Tous
ces prophètes ne sont qu'une seule et
même ame qui a passé d'un corps dans
un autre, et cette ame qui est le démon maudit gardien de Ebn-Termahh,
est aussi Adam le désobéissant, que
Dieu chassa de son paradis, c'est-à-
dire que Dieu lui ôta la connoissance
de son unité.

D. Quel étoit l'emploi du démon
chez Notre-Seigneur ?

R. Il lui étoit cher ; mais il conçut
de l'orgueil et refusa d'obéir au grand-
visir Hamzé : alors Dieu le maudit et
le précipita du paradis.

D. Quels sont les anges en chef
qui portent le trône de Notre-Seigneur ?

R. Ce sont les cinq primats qu'on
appelle : Gabriel qui est Hamzé, Mi-
chel qui est le second frère, Esrafil-

Salamé - ebn - abd - el - ouahab , Ezraïl-
Beha-eddin , Matatroun-Ali-ebn-Ach-
met. Ce sont là les cinq visirs qu'on
nomme el-Sabek (le précédent) , el-
Cani (le second), el-Djassad (le corps),
el-Rathh (l'ouverture) , et Fhial (le
cavalier).

D. Qu'est-ce que les quatre femmes ?

R. Elles se nomment Ismaël , Maho-
met , Salamé , Ali , et elles sont : el-
Kelmé (la parole), el-Nafs (l'ame) ,
Beha-eddin (beauté de la religion) ,
Abou-el-rheir (le père du bien).

D. Pourquoi les appelle-t-on femmes ?

R. Parce que Hamzé tient la place
de l'homme , et ce sont là ses femmes ,
et elles en remplissent la place par
leur obéissance à Hamzé.

D. Qu'est-ce que l'évangile qu'ont

les chrétiens, et qu'en disons-nous?

R. L'évangile est bien réellement
sorti de la bouche du Seigneur le
Messie, qui étoit Salman el-Farsi dans
le siècle de Mahomet, lequel Messie
est Hamzé, fils d'Ali. Le faux Messie
est celui qui est né de Marie, car celui-là est fils de Joseph.

D. Où étoit le vrai Messie, quand
le faux étoit avec ses disciples?

R. Il se trouvoit dans le nombre de
ces derniers. Il professoit l'évangile;
il donnoit des instructions au Messie,
fils de Joseph, et lui disoit : « Faites
cela et cela », conformément à la religion chrétienne, et le fils de Joseph
lui obéissoit. Cependant les Juifs con-
çurent de la haine contre le faux Messie, et le crucifièrent.

D. Qu'arriva-t-il après qu'il eut été
crucifié ?

R. On le mit dans un tombeau. Le vrai Messie arriva, déroba le corps du tombeau, et l'enterra dans le jardin ; puis il répandit le bruit que le Messie avoit ressuscité.

D. Pourquoi le vrai Messie se conduisit-il ainsi ?

R. Pour faire durer la religion chrétienne et lui donner plus de force.

D. Et pourquoi favorisa-t-il ainsi l'hérésie ?

R. Afin que les Druses pussent se couvrir comme d'un voile de la religion du Messie, et que personne ne les connût pour Druses.

D. Qui est celui qui sortit du tombeau et qui entra chez les disciples, les portes fermées ?

R. Le Messie vivant qui ne meurt point, et qui est Hamzé, esclave de notre seigneur tout-puissant.

D. Qui a annoncé l'évangile ?

R. Mathieu, Marc, Luc et Jean, qui sont les quatre femmes que nous avons mentionnées plus haut.

D. Comment les chrétiens ne se sont-il pas fait Druses ?

R. Parce que Dieu l'a voulu ainsi.

D. Mais comment Dieu souffre-t-il le mal et l'hérésie ?

R. Parce que son constant usage est de tromper les uns et d'éclairer les autres, comme il est dit dans le koran : « Il a donné la sagesse aux uns et il en a privé les autres. »

D. Si l'hérésie et l'erreur viennent de Dieu, pourquoi les punit-il ?

R. Parce qu'à l'époque où il les a proposées, les hommes n'ont pas obéi.

D. Comment le trompé obéit-il lorsqu'il doute, comme il est dit dans le koran : « Nous les avons mis dans

« l'incertitude et nous leur avons
« menti? »

R. Cela ne se demande pas. On doit
respecter sans restriction ni exception
ce que le Seigneur juge à propos de
faire à l'égard de ses esclaves ; car il
dit : « Mes créatures me doivent bien
« compte de ce qu'elles font; mais je
« ne le leur dois pas de ce que je fais. »

D. Que signifient la danse des céli-
bataires, le jeu des disciplines, devant Notre - Seigneur le Hakem ?

R. Toutes ces choses tiennent à
une profonde sagesse, qui se décou-
vrira dans son temps.

D. Quelle est cette profonde sagesse ?

R. La danse indique que le prophète et leurs lois n'ont fait que pa-
roître dans leur temps et passer.

D. Que veut dire le jeu des disciplines ?

R. Le fouet fait un mal passager ,
mais ne tue point , il indique la science
qui ne fait ni bien , ni mal.

D. Et pourquoi Hamzé , fils d'Ali,
nous a-t-il ordonné de cacher la sagesse , et de ne pas la découvrir ?

R. Parce qu'elle contient les secrets
et les quittances de Notre-Seigneur,
et il ne convient pas de découvrir à
personne des choses où le salut des
ames et la vie des esprits se trouvent
renfermés.

D. Nous sommes donc égoïstes et
nous ne voulons pas que tout le monde
se sauve ?

R. Il n'y a point là d'égoïsme ; car
l'invitation est ôtée ; la porte est fermée ; est hérétique qui est hérétique,
et croyant qui est croyant, et tout
est comme il doit être.

Le carême qui étoit ordonné an-

II. . 10.

ciennement, est aboli aujourd'hui ;
mais quand un homme fait carême
hors du temps prescrit, et se mortifie
par le jeûne, cela est louable; car
cela nous rapproche de la divinité.

D. Pourquoi a-t-on supprimé l'aumône ?

R. Chez nous l'aumône envers nos
frères les Druses est légitime ; mais
elle est un crime à l'égard de tout
autre, et il ne convient pas de la
faire.

D. Quel but se proposent les solitaires qui se mortifient ?

R. C'est de mériter, quand le Hakem viendra, qu'il nous donne à chacun, selon nos œuvres, des visirats,
des pachaliks et des gouvernemens.

FIN.

www.ingramcontent.com/pod-product-compliance
Lightning Source LLC
Chambersburg PA
CBHW051825020726
47502CB00005B/1630